PROJET LUMIÈRE DANS LA NUIT

LE GRASSE Roger Pierre

Imprimé par : **Imprimerie sous contrat avec Amazon, Inc.**

Dépôt Légale : **Septembre 2022**

ISBN : **978-2-493146-00-7**

Prix : **15,49 €**

LE GRASSE ROGER-PIERRE – 36 RUE DU MAGASIN – 45130 EPIEDS-EN-BEAUCE

Projet : Lumière dans la nuit.

DÉDICACE

Cette histoire rend un hommage aux femmes et aux hommes, qui pendant, les heures sombres de la Seconde Guerre Mondiale ont fait preuve d'humanité.
Durant cette période, beaucoup de personnes ont choisi de se battre contre l'occupant, et d'autres par contre on participait à la collaboration.
Aux personnes qui ont eu le courage de sauver des vie au péril de la leur.
Ce livre vous est dédié.

TABLE DES MATIÈRES

REMERCIEMENTS

À ma famille, à Stephanie Marie Hylard, à vous qui m'avez soutenu dans ce projet. En vous remerciant pour votre soutien et de votre aide inconditionnel. Aux femmes et aux hommes qui durant cette période sombre de notre histoire se sont sacrifiés pour sauver des personnes qui parfois leur étaient totalement étrangères. À vous tous, un très grand merci.

— Roger-Pierre LE GRASSE —

AVANT L'HISTOIRE.

Le 10 mai 1940, l'armée Allemande lance la Blitzkrieg de la bataille de France, qui débute par l'invasion de la Belgique, des Pays-Bas et du Luxembourg.

Quatre jours plus tard, les troupes Germaniques réussir à rentrer en France par la ville de Sedan.

Le 27 mai, les Allemands arrivent à Calais. Les troupes britannique et Française se replient à Dunkerque. Le Premier Ministre du Roi George VI, Winston Churchill organisa la plus impressionnante évacuation des troupes en mobilisant tous types d'embarcation.

Le 28 mai, les troupes allemandes ont encerclé sur les plages de Dunkerque, les troupes britanniques et Françaises. Les troupes britanniques avec une partie des troupes françaises quittent le continent.

Le 16 juin, le Maréchal Philippe Pétain, suite à sa nomination à la tête du gouvernement français par le Président Lebrun, prend contact avec les Allemands pour demander l'armistice.

En date du 17 juin, Philippe Pétain annonce la fin des hostilités à la radio et les hautparleurs disposés dans les villes et les campagnes. Le Général de Brigade fraîchement nommé Charles De Gaulle, réfugier à Londres, fait son appel pour continuer le combat sur les ondes de la B.B.C, le 18 juin.

Il était trop tard... L'occupation avait déjà commencé.

Projet : Lumière dans la nuit.

1. LE COMMENCEMENT.

Peu de temps après, le retour des troupes britanniques et françaises de Dunkerque pour l'Angleterre, le commandement des armées britanniques, sous l'influence du Premier ministre du Roi, Winston Churchill, décide de former de jeunes gens britanniques, pour recueillir des renseignements sur les évolutions des troupes allemandes sur le territoire français. C'est le Secrétaire d'État du War Office qui a pour nom Anthony Eden, qui donne le nom de Projet : lumière dans la nuit à cette opération secrète. Il déclarera plus tard que ce nom était pour dire que dans les temps sombres de la guerre, la lueur de la victoire éblouira le continent.

Anthony Eden était Sous-Lieutenant au vingt et unième bataillon Yeoman Rifles du King Royal Rifle Corps. Par ailleurs, il reçut le 3 juin 1917, la Military Cross pour la bataille de la Somme. Le secrétaire d'État, Anthony Eden avait planifié et mis en place une organisation et obtenu de tous les services de l'État une totale collaboration pour le projet lumière dans la nuit.

Les services de la Royale Mail avaient pour mission de collecter les informations sur les personnes, qui essayent de correspondre avec un lieu en France. Une section spéciale en collaboration avec le service de renseignement britannique a été mise en place. Tous courriers à destination de la France serait ouvert, lu et analysé pour savoir s'il n'y a pas des messages à destination d'une personne suspecte qui peut travailler pour l'ennemi allemand. Les commissariats de police avaient reçu l'ordre de recenser et de surveiller les habitants dont le nom avait une consonance germanique ou italienne.

Personnellement, j'aime écrire et j'aime la France, depuis que j'ai l'âge de 10 ans. Mes parents avec mon frère et moi-même nous allons dans une ville vers le sud de ce beau pays qui porte pour nom Bordeaux. J'y ai des amis, en particulier, mon amie Marie Duval, je crois bien que je la connais depuis que je vais en vacances en France. Elle m'a appris beaucoup d'expression et de vocabulaire en français. Et grâce à elle, je suis fière de dire que j'ai une très bonne maîtrise de la langue de ce pays.

Ah ! je suis confuse, pardonnez-moi, je ne me suis pas présentée, je me nomme Lauren Elizabeth Cohan, je suis comme vous en doutez maintenant une jeune femme Britannique. Et je réside près de Londres. Enfin pour être plus précise dans un quartier du nord londonien qui a pour nom Finchley. Au sujet de Finchley, on pourrait dire que c'est la campagne de Londres. Il est fort agréable de vivre à Finchley. J'adore me balader dans les parcs de notre petite bourgade. Beaucoup de personnes en particulier, les français, ont tendance à dire qu'au Royaume-Uni il pleut tout le temps. Et comme je le dis régulièrement à mon amie Marie, il ne pleut pas si souvent que cela en Angleterre. Mais il est vrai que cette rumeur est fort tenace. D'ailleurs l'autre jour, j'ai envoyé une lettre à mon amie Marie. J'espère qu'elle a reçu ma lettre. Avec les évènements, récents. Je ne sais même pas si elle va bien. Mais dans tous les cas, j'espère qu'il ne lui est rien arrivé. Bon, je ne suis pas là pour vous parler de ma ville natale. Continuons mon histoire.

C'est un matin du mois d'août 1940, c'était le samedi 17 pour être exacte. Je m'en souviens comme si c'était hier, parce que le mercredi 21 août, c'est l'anniversaire de ma mère. Un homme de taille moyenne, d'environ un mètre soixante-dix, qui était vêtu d'un imperméable de couleur beige clair. Il avait un costume de couleur gris et une cravate noire et un chapeau comme Humphrey Bogart dans le film « Invisible Stripes ». Il frappa à la porte de chez mes parents. Ma mère est partie lui ouvrir la porte.

— Madame Lauren Cohan ?

— Non, je suis sa mère.

— Excusez-moi, madame… Puis-je voir votre fille s'il vous plaît ?

— Quel est le sujet de votre visite ?

— Pardonnez-moi, je suis désolé. Je ne me suis pas présenté. Je suis le Second Lieutenant Nigel Billing.

— Et pourquoi voulez-vous voir ma fille ?

— Je suis désolé, madame, vous comprendrez que je ne puis vous en parler sur le palier de votre porte.

— Eh bien, rentré.

— Merci, madame.

L'homme entra dans notre maison. Il tira son chapeau noir de la tête. Je me tenais en haut de l'escalier. J'avais entendu une partie de la conversation que cet individu eut avec ma mère. Je le fixais du regard cherchant à savoir ce que cet homme, que je ne connaissais pas, me voulait. Ma mère fait signe à l'homme de rentrer dans notre séjour. Puis voyant que j'étais en haut de l'escalier, elle me fit signe de venir en prononçant les mots.

— Lauren, peux-tu venir s'il te plaît ?

J'avais bien entendu que l'homme a dit le nom d'un grade avant de dire son patronyme. Ce qui je vous l'avoue ma beaucoup surprises. Pourquoi un homme qui porte un grade souhaite me voir ? Je ne suis pas une militaire, mais une civile. J'avais une certaine crainte. Je me mis à descendre les marches des escaliers qui me séparent du rez-de-chaussée de la maison, une, par une et de façon très lente. Arrivée sur le palier du rez-de-chaussée, je pris une grande respiration et je rejoins ma mère qui m'attendait au côté de l'escalier. Ma mère me regarda et me dit avec sa douce et tendre voix.

— Il y a un monsieur pour toi. Il souhaiterait te parler.

Je vis dans le regard de ma tendre maman qu'elle était inquiète. Je lui dis d'une voix basse dans le but de la rassurer.

— Je te promets ma petite maman chérie. Je n'ai rien fait de mal.

Je rentre à mon tour dans le séjour de la maison. L'homme dans une certaine élégance se tenait debout au milieu de la pièce. Il me regarda. Je fis de même. Mais je ne voyais nullement ce que cet homme me voulait. D'autant plus que, je ne le connaissais pas le moins du monde. Ma mère demande à l'homme de s'asseoir. L'homme regarde ma mère et lui fait un sourire. Puis il prit délicatement une chaise et il s'assoit. Il ne me quitta pas des yeux. Il soutient mon regard de jeune femme qui cherchait ce que cet homme lui voulait. Le regard d'une jeune femme qui a peur et qui est inquiète.

— Vous êtes Lauren Elizabeth Cohan !

— Effectivement ! C'est bien mon nom. Puis-je savoir ce que vous me voulez ?

— Il ne faut pas avoir peur. Cette lettre… C'est vous qui aviez écrite et posté.

Il avait sorti de sa poche une enveloppe que j'avais écrite à mon amie Marie Duval. Je reconnaissais l'enveloppe en raison qu'il y avait un signe que l'on mettait sur nos enveloppes pour savoir qu'elle était l'une de l'autre.

— Oui monsieur… c'est bien mon enveloppe.

J'étais déconcertée. Cet homme, que je ne connais nullement, avait une de mes enveloppes. Ce qui laisser entendre qu'il avait également une de mes lettres avec lui. Je ne comprends pas ce qui se passe. Pour vous avouer, je commençais à avoir peur. Que me veut cet homme et pourquoi est-il là ? Cela me fit de plus en plus peur.

— C'est la Royale Mail qui nous a communiqué votre enveloppe et sachez, madame, que j'en ai deux autres en ma possession.

— Que faites-vous avec mes lettres ? Elles ne sont pas pour vous ! Je ne suis pas mariée donc c'est mademoiselle !

— OK… Mademoiselle ce n'est pas la peine de crier contre moi. J'effectue uniquement mon travail. Vous ne le savez peut-être pas, mais le courrier entre le Royaume-Uni et la France ne passe plus en raison de la guerre contre les Allemands.

— C’est pour cela que je ne reçois plus de courrier de Marie.

— Probablement.

— Mais vous voulez juste me rendre mes lettres ! C’est pour cela que vous êtes ici !

— Mademoiselle… Vous pensez que l’armée de Sa Majesté envoie un officier pour redistribuer le courrier non transmis !

Je regarde ma mère. Cette dernière, me fixer et se demandait ce que j’avais fait comme bêtise. Pour qu’un officier de l’armée du roi soit venu chez nous, en ce jour du samedi 17 août 1940, et pour me poser des questions sur les lettres que j’avais écrites à mon amie Marie. Marie Duval, cette jeune femme frêle, qui vivait en France. Pensait-il que mon amie Marie Duval était une espionne au service des Allemands ? Pensait-il que j’étais une traite ? Ma pauvre petite maman, elle doit se dire que j’ai fait une très grosse bêtise pour qu’un officier vienne à la maison. Que va dire mon petit papa chéri lorsqu’il sera cela ?

— Mais je n’ai rien fait ! Je vous le jure, monsieur l’officier !

— Mais, je ne vous ai jamais dit que vous avez fait quelque chose de mal ! J’ai lu vos courriers et c’est ma raison de ma présence ici.

— Vous avez lu mes courriers ! C'est impoli ! Ses lettres sont très personnelles !

— Ma fille a raison, ce n'est pas poli de lire les lettres des gens.

— Mais la loi nous le permet et il y a une raison pour que nous ayons lu votre correspondance.

— Ah oui ? Laquelle ?

— Tous simplement, c'est que vous écrivez en France. En moyenne, deux fois par mois, selon le centre d'acheminement du courrier de Londres. Donc cela permet à notre service de lire votre courrier pour voir si vous ne communiquez pas des informations sur nos troupes à une personne qui travaillerait pour les Allemands.

— Cela me paraît logique, ma fille.

— Maman ! Il y a des choses personnelles qui me regardent, que Marie et moi. Je ne suis pas une traite!

— N'extrapolez pas ce que je n'ai pas dit, mademoiselle. Je n'ai jamais dit que vous étiez une traite. Je dis juste que votre profil a retenu notre attention.

— Comment mon profil a-t-il retenu votre attention ?

— Eh bien, vous avez des connaissances

en langue française. Vous pourriez aider l'Angleterre dans son combat contre les Allemands.

— Et comment puis-je vous être utile ?

L'homme fit un large sourire et répondit.

— En travaillant pour nous !

J'ai été surprise par la réponse que cet homme me fit. Je me suis dit à moi-même comment une femme de 25 ans pouvait aider l'armée. Et pourquoi moi ? C'est vraiment étrange et je ne comprends pas pourquoi.

— Comment ma fille, pourrez-vous apporter son aide ? Qu'est-ce qu'elle pourrait faire pour vous?

— Nous créons une section qui aura pour fonction de recueillir des informations sur les troupes allemandes en France. Pour cela, nous voulons des personnes qui ont la capacité de lire, écrire et parler le français.

Je ne suis pas certaine que ma mère ait tout à fait compris, ce que l'officier venait de nous expliquer. Elle regarda cet homme, puis elle me regarda. Elle dit.

— Ma fille se fera un honneur de vous aider Second Lieutenant !

Je ne crus pas mes oreilles, ma mère avait décidé pour moi que j'acceptais d'intégrer la section de cet officier. Elle a pris la décision sans que l'on puisse en parler entre nous et surtout avec mon petit papa. C'est très déconcertant, je peux vous le dire. C'était la toute première fois que ma mère prend une décision, sans même que nous en parlons entre nous.

— Je vous en remercie madame pour votre patriotisme ! Je reviendrai demain pour venir chercher votre fille et ses affaires. On doit se rendre dans notre camp d'entraînement dans le Kent.

— Eh oh ! Une minute ! Maman ton anniversaire est dans quatre jours. Je veux être là avec toi pour le fêter.

— Lauren, ma douce, et tendre fille, rends-moi fière par ton travail pour sauver les vies de nos soldats. Ton frère, Isaac est décédé avant d'avoir pu monter sur les navires qui rapatrier nos troupes de Dunkerque. Fais-le, en sa mémoire, ma fille.

— Bien maman, je le ferais pour Isaac.

L'individu se lève. Puis il se dirige vers la porte de la demeure. Mais avant de sortir du séjour de la maison, il se retourne vers ma mère et moi et il dit.

— Madame Cohan, je vous remercie encore une fois pour votre patriotisme, cela me fait chaud au cœur et sachez que j'ai été navré d'apprendre que votre fils est mort aux champs d'honneur. Mademoiselle Cohan, je passerais vous chercher demain matin vers 10 heures. Nous avons beaucoup de routes d'ici au Kent.

— Merci, monsieur ; ma fille sera prête quand vous arriverez.

— Encore merci, madame, pour votre accueil.

L'homme monte dans une automobile de couleur noire. C'était rare de voir une personne qui conduit un véhicule à moteur dans notre petite ville. Il démarre la traction et parti en direction de la route principale qui se dirige vers Londres. En moi-même, je me disais que c'était peut-être la dernière soirée avec mes parents avant bien longtemps. Donc, je dois faire que cette soirée, soit des plus magnifiques. Je suis triste que mon frère Isaac ne soit pas présent avec nous.

Le lendemain, je me suis réveillée de bonne heure. Il devait être aux alentours de 6 heures 30. Je voulais profiter de mes derniers moments avec mes parents. Parce que je ne pouvais pas savoir la date à laquelle je pourrais les revoir. J'ai descendu les marches de l'escalier en essayant de faire le moins de bruit que possible. Je ne voulais pas réveiller mes parents qui dormez paisiblement. Je pars dans la cuisine pour confectionner pour ma petite maman chérie et mon petit papa chéri un petit déjeuner. Je voulais graver dans mon esprit leurs visages, leurs yeux, leurs sourires et leurs voix.

Mon père et ma mère se sont levés. Il devait être aux alentours de 8 heures 25, mais pour tout vous dire je ne me souviens plus trop de l'heure précisément. J'étais heureuse. J'avais réussi à finir de leur préparer le petit déjeuner. Ils sont venus dans la cuisine pour prendre le petit déjeuner. Au moment où mes parents sont rentrés dans la pièce, je me suis précipitée. Je les ai pris dans mes bras pour leur donner à chacun d'entre eux un long câlin. Je ne voulais pas qu'ils se rendent compte de ma tristesse de partir. De devoir les laisser là. De partir à plusieurs dizaines voire centaine de kilomètres d'eux. Après les longues minutes d'enlacement, on s'est tous les trois, assis autour de notre table. Puis nous avons pris le repas ensemble. Je voyais dans les yeux de mon père la tristesse due à mon départ. Il essayait de le cacher pour éviter que j'abandonne. Je ferais tout pour que ma petite maman et mon petit papa que j'aime soient fiers de moi. Seulement, je ne sais pas si mes parents étaient fiers de moi à ce moment-là.

Après le petit déjeuner, ma petite maman et moi-même sommes, montées dans ma chambre pour préparer ma valise. La difficulté cette fois-là, pour préparer ma valise, c'est que l'on ne connaissait pas ni la durée de mon absence. Donc avec cela on ne savait pas si je pourrais revenir à la maison pour l'hiver chercher des vêtements chauds. Personnellement, je souhaite de tout cœur avoir l'occasion de revenir avant la fin du mois d'août. Mais je crains bien que cela ne soit pas possible. Je me dis que je pourrais leur envoyer de mes nouvelles par courrier ou leur laisser un message chez notre voisin Clark. Notre voisin, monsieur Clark avait un téléphone chez lui. Et dans sa grande gentillesse, il autorise les autres habitants de notre rue à utiliser son téléphone pour téléphoner.

Par contre, dans ma valise, j'ai pris le soin d'y mettre deux choses importantes à mon cœur.

La photo de mon père et de ma mère et une photo de mon frère et moi. Mon frère me manque terriblement. Les dix heures approchèrent à très grande vitesse. Vous savez, vous avez dû déjà le vivre, ou vous vous dites que vous n'avez pas eu le temps de faire tout ce que vous vouliez faire ou de voir toutes les personnes que vous vouliez voir.

Dix heures sonnent au clocher de l'église de Finchley. Quelques minutes après, la traction noire du Second Lieutenant Nigel Billing se gare devant la maison de mes parents. Le Second Lieutenant sortit de la voiture et se dirigea vers notre porte d'entrée. J'observai depuis la fenêtre de ma chambre. Je me préparai mentalement à descendre et faire mes au revoir à mes parents. Je pense dire que mes au revoir parce que je compte bien revenir bientôt les voir. J'entends l'homme frapper à notre porte d'entrée. Cette fois-ci, c'est mon père qui ouvre la porte. Mon père est un homme qui a le souci du respect des personnes d'autorité. En voyant le Second Lieutenant Billing à la porte de la maison. Mon père fit un pas en arrière.

— Mes respects, monsieur ! Je suis le Second Lieutenant Nigel Billing. Je viens chercher votre fille Lauren Cohan pour la conduire au camp dans le Kent.

— Bonjour, je me nomme Joseph Cohan. Je vous en prie entrer. Je vais dire à sa mère de l'appeler.

— Merci beaucoup, monsieur Cohan.

Le Second Lieutenant Nigel Billing entra pour la seconde fois dans notre modeste demeure. Mon père referma la porte derrière l'homme. L'individu se place sur le côté droit de mon père. Mon père fit un léger sourire. Puis il appela ma mère.

— Ziva, peux-tu appeler notre Lauren ?

— Tout de suite Joseph.

Ma mère monte les marches de l'escalier. Comme je vous l'ai dit, je savais que le Second Lieutenant Nigel Billing était présent dans la maison. J'étais déjà sortie de ma chambre. Mais comme paralysée, je n'arrivais plus à avancer. Ma mère me fit un large sourire. On m'a toujours dit que les yeux c'était comme la porte de l'âme de la personne. Que certaines personnes pouvaient lire dans les yeux des autres personnes ! Et bien moi, je peux vous dire que ce jour-là, j'ai pu voir dans les yeux de ma douce maman, l'amour qu'elle avait pour moi. C'était un peu comme moi à ce moment-là. À la fois de l'amour, mais également de la tristesse. Je n'avais jamais réellement pensé avant ce jour-là. Que mes parents vont me manquer ! Puis elle me dit.

— Ma douce et tendre fille chérie. C'est l'heure ! Rends hommage à ton frère Isaac et rends-nous fières. Malgré ma chérie que tu nous rends déjà fière de toi. Je veux que tu n'oublies jamais que nous t'aimons ton père et moi.

— Ma douce maman… Moi aussi je vous aime de tout mon cœur. Je suis triste de vous abandonner.

Ma mère s'approcha de moi. Elle me fait un doux sourire, me prend la main puis elle m'embrasse mon front. Je pouvais sentir son doux parfum de rose. Tous les matins, ma belle et gentille maman met la même marque de parfum qu'elle aime tellement. Il faut savoir que le parfum de rose que ma douce et jolie maman met c'était à la suite d'un parfum que mon merveilleux papa chéri lui avait offert un 14 février 1930. Ma mère, le nommé le parfum de la Saint-Valentin ou le parfum de l'amour. Au moment du doux baissé de ma mère, je ne pus m'empêcher de faire un léger sourire. Et sachez qu'encore aujourd'hui, lorsque je me remémore ce moment de ma vie j'ai encore ce petit sourire.

— Va, ma fille. Montre-leur que nous sommes forts.

— Promit maman, je t'aime.

Je me dirige vers les marches de notre escalier. Je descends en regardant le Second Lieutenant qui cette fois-ci avait revêtu son uniforme d'officier. Je lui fis un signe de la tête, mais je ne pouvais pas sourire comme à mon habitude lorsque quelqu'un vient à la maison. Il faut dire que j'avais l'impression que, mes jambes tremblées par la peur. C'était comme si l'on venait me chercher pour me conduire à la tour de Londres. Mon cœur se mit à accélérer. Ses battements étaient si forts que j'avais l'impression que les personnes présentent dans la maison, pouvaient l'entendre. C'était comme si mon cœur voulait sortir de ma poitrine pour s'enfuir loin pour se cacher. Le Second Lieutenant Billing me regarde et me dit d'une voix douce et calme.

— Bonjour, Lauren ! J'espère que vous allez bien.

— Bonjour, monsieur, oui je vais bien, merci de vous en soucier.

— Lauren, laissez-moi prendre votre valise. On doit se dépêcher, nous avons une très longue route jusqu'au camp du Kent.

— Je pourrais écrire à mes parents pour leurs dires ou je suis.

— Malheureusement, Lauren, je vais être franc, avec vous, la correspondance et les appels téléphoniques sont interdits là où je vous conduis.

— Alors comment vais-je leur donner de mes nouvelles ?

— Vous reviendrez régulièrement. Rassurez-vous !

— Lauren… Ne t'inquiète pas, ma chérie.

Après ses quelques mots, mon père me fait un tendre baiser. C'était sur le font, et au même endroit ou, que ma mère m'avait embrassée au paravent. Puis, il me dit.

— Va, ma Lauren, on est fière de toi et n'oublie pas que l'on t'aime.

J'ai suivi le Second Lieutenant. Je monte dans la voiture. Il démarra la traction. On est parti en direction du Kent. Durant le trajet, je regarde le paysage par la fenêtre. Le Second Lieutenant Nigel Billing passa dans Londres. Je pense que c'était pour m'impressionner et me faire voir qu'il connaissait bien les rues de notre splendide capital. On passa près du grand vieux monsieur. Vous allez rire, mais je vais vous avouer une chose. Le grand vieux monsieur comme je le dis c'est le nom que je donne à Big Ben. Vous savez la grande tour-horloge de Londres. On traverse par la suite la Tamise. Puis on fait route vers le sud-ouest de l'Angleterre. On arriva près d'Ashford en début de soirée. C'était la première fois que j'allais être aussi éloignée de mes parents. Attention, je ne dis pas que je ne suis jamais partie sans mes parents. Je veux juste dire que je n'étais généralement pas à plus de dix à vingt kilomètres d'eux. Et généralement, j'étais avec des amies. Il me conduit dans un bâtiment et devant une porte du deuxième étage, il me donna des clés et me dit.

— Mademoiselle Cohan, voici les clés de votre logement. Pensez, à bien vous reposez, demain je viendrais vous chercher à neuf heures pour vous conduire au camp. Surtout, ne dis à personne que vous venez du camp. On ne sait jamais, il pourrait y avoir des personnes envoyées par les Allemands pour nous espionner. Bonne nuit.

Il me donna les clés. Je rentre dans cette chambre. La chambre était triste. Les couleurs étaient défraîchies. J'allume la lampe à pétrole. La chambre était équipée d'un lit en structure métallique. Une table est placée le long du mur avec une chaise en bois. Une armoire avec à l'intérieur une penderie d'un côté. De l'autre côté, plusieurs étagères. Je me suis mise à ranger mes vêtements dans l'armoire. Je n'avais pas apporté grand-chose, en espérant inconsciemment pouvoir rentrer dès le premier week-end à la maison pour voir mes parents. Une fois que j'ai fini de ranger mes affaires dans l'armoire. J'ai placé les deux photographies de mon père et de ma mère et l'autre de mon frère et de moi sur la table qui, je pense, sera comme un bureau et le soir, elle devient une table pour le repas.

Je me suis assise sur le coin du lit. Je me suis mise à fixer les photos avec une certaine tristesse. Je pense à mon grand frère Isaac. Je pense à son rire. Pour vous, dire, mon frère Isaac adore rire. Il s'amusait à me faire des blagues en permanence. Vous savez des blagues qui ne sont pas méchantes, mais qui parfois vous agacent. Mais j'adorais entendre son rire lorsqu'il comprenait que j'étais tombée dans son piège ou sa farce. Ce soir-là, je repense à plusieurs de ses blagues. C'est vrai à cette époque, je ne les trouver pas, du tout drôle, mais en réfléchissent bien ses blagues étaient remarquablement bien organisées.

J'étais triste, mais j'étais heureuse également. Heureuse de me souvenir, de ses quelques moments, de ma vie. Moment où l'insouciance de la vie fait que vous ignorez si c'est la paix ou la guerre.

Ce soir-là, je me suis couchée tard. Ce qui, croyez-moi, n'est pas du tout mon habitude. Je ne sais pas si c'est le fait que j'étais loin de mes parents ou le fait de la disparition de mon grand frère. Je me suis endormie au-dessus des couvertures.

Carte situant la ville de Finchley dans la banlieue de Londres.

2. L'ENTRAÎNEMENT DANS LA DOULEUR.

Neuf heures retentissent. Cela fait un petit moment que je me suis réveillée. J'avais pris un thé. J'étais particulièrement inquiétée ne sachant pas ce qui m'attendait durant cette première journée. On frappa à la porte de ma chambre. Il m'a fallu quelques instants avant que mon cerveau réagisse. Je m'approche de la porte. Une fois positionnée derrière la porte. Je dis.

— Oui, qui est là ?

— C'est le Second Lieutenant Nigel Billing! Il est neuf heures ! Je vais vous attendre auprès de la voiture.

— Non ! Je suis prête ! … J'arrive.

J'ouvre la porte, le Second Lieutenant était là. Il porte une tenue de ville. Si vous le préférez, je veux dire qu'il n'était pas avec son uniforme comme durant la journée d'hier. Il porte un costume de couleur noire avec une chemise blanche. Il porte le même chapeau qu'il avait lorsqu'il était venu deux jours plutôt, chez mes parents. On descend les marches de l'escalier. Et comme tous bons Anglais qui se respectent, le Second Lieutenant Billing fit le tour du véhicule. Et il m'ouvre la porte pour que je puisse m'y installer. La traction démarre et l'on roule pendant environ une dizaine de minutes. On passe dans une petite bourgade du nom de Brook. À la sortie de la petite ville, le Second Lieutenant tourne sur une petite route forestière. Cette petite route était à gauche à environ un demi-kilomètre de la sortie de la ville. Au fur et à mesure que nous avançons, j'ai l'impression que mon cœur bat de plus en plus fort. On arrive dans une forêt. Le véhicule s'engouffre dans le bois en suivant un chemin, qui je le pense devait être ressens. Un peu après, nous arrivons à une barrière. Il y avait quatre soldats qui montent la garde. L'un d'entre eux s'avance vers nous pendant que les autres encerclent le véhicule et nous vise avec leurs armes. Je peux vous dire que je commence à avoir peur. C'est la première fois qu'une personne pointe une arme sur moi.

— Lieutenant ! Mes respects ! Puis-je voir

votre laissez-passer et celui de votre accompagnatrice s'il vous plaît ?

Le Second Lieutenant sortit de sa poche intérieure de sa veste de costume une lettre. Puis il donne la lettre au soldat. Le soldat regarde la lettre puis il regarde Nigel Billing. Puis il redonne au Second Lieutenant. Ce dernier range de nouveau la missive dans la poche intérieure de sa veste de costume. Le soldat fit un salut militaire réglementaire. Par la suite, avec sa main gauche il fait signe à un garde proche de la barrière pour lever la barrière.

— Lieutenant… Vous pouvez passer… En vous souhaitant une bonne journée.

On rentra dans le camp. Le Second Lieutenant stoppa le véhicule près d'un bâtiment en bois. Pour tout dire, j'avais remarqué que tous les bâtiments dans ce camp étaient en bois. Je me demande, si ce camp militaire existé avant le début de la guerre ou s'il fut construit peu de temps après. Sur chacun des bâtiments de cette installation militairc, il y avait unc lcttrc suivic d'un chiffre ! Pour nous le bâtiment c'est le bâtiment F4. D'ailleurs pour tout vous dire, encore aujourd'hui, je ne connais pas la signification de la codification des bâtiments à l'intérieur du camp de Brook. Mais je pense que ce code devait être fait pour des raisons d'instruction. Et que chacun des bâtis était affecté à une spécialisation précise. Nous rentrâmes dans le bâtiment et nous parcourons un dédale de couloirs. Franchement, j'avais l'impression que j'étais dans un labyrinthe. Si le Second Lieutenant Nigel Billing n'était pas avec moi à ce moment-là, je suis certaine que je me serais perdue. Et étant donné que nous étions dans une installation militaire, je me serais fait arrêter pour espionnage. Le Second Lieutenant me fit rentrer dans une pièce. Cette pièce me fit penser à une salle de classe comme lorsque j'étais plus jeune à l'école de jeune fille de Finchley. Nigel Billing se tourna vers moi puis il me dit.

— Lauren… Installez-vous sur une chaise… un autre officier va venir vous voir.

— Vous ne restez pas avec moi.

Là, je commençais à avoir peur. Je me disais en moi-même, je ne comprends pas. Ce Second Lieutenant me demande de le suivre pour prêter main-forte à notre armée et sauver la vie de nos soldats. Et là, il m'informe que ce n'est pas avec lui que je ferais mon instruction ou que l'on ne travaillerait pas ensemble. Je pensais que le Second Lieutenant allait rester avec moi. J'étais un peu perplexe et décontenancée.

— Non Lauren… Moi, je vous ai choisi donc la procédure souhaite que je ne puisse vous faire votre instruction. C'est la règle… Désolé… Il ne faut pas avoir peur, mes collègues sont gentils.

Le Second Lieutenant Nigel Billing sortit de la pièce. Je me retrouve seule dans cette très grande salle. Comme demandé par le Second Lieutenant, je me suis installée sur une des chaises. J'ai remarqué qu'il y avait dans la pièce près d'une trentaine de chaises. Au bout d'un petit moment, qui m'a semblé une éternité, un homme en uniforme entra dans la pièce avec un dossier sous le bras. Il s'arrêta à l'entrée de la pièce et me regarda. Je me demande si c'est l'officier que je dois rencontrer. D'un coup, il se dirigea directement vers moi. Il soulève une chaise et la retourne, puis il prit place sur la chaise. Il pose le dossier qu'il avait sur le bureau, qui se trouver entre nous. Puis il me regarda pendant un court moment en inclinant légèrement sa tête sur son côté droit. Mais toujours sans prononcer aucun mot. Il avait un crayon de papier. Je me rappelle plus qu'il s'amuser à le faire tapoter sur le dossier. Après ce qui me semble un long moment, l'homme ouvrit le dossier et me dit.

— Vous êtes Lauren Elizabeth Cohan. Vous êtes née le 10 juin 1915 à Londres. Votre père Joseph Isaac Cohan est vendeur d'œuvres d'art et votre mère est Ziva Elsa Cohan née Sterne. Quant à elle est sans profession. Vous avez un frère Isaac David qui est votre aîné et qui est porté disparu depuis le 30 mai et l'opération de rapatriement de nos troupes de Dunkerque. Est-ce que les informations que je viens de vous communiquer sont correctes ?

— Oui monsieur.

— Je suis Lieutenant. Donc vous devez dire… Oui mon Lieutenant.

— Désolé… Mon Lieutenant… Je ne suis pas une personne qui a reçu une instruction militaire. Les seules personnes dans ma famille qui a suivi une instruction militaire, c'est mon père et mon frère.

Le Lieutenant me regarde et fait un léger sourire. Je pense que j'ai dû lui dire une bêtise. Mais pour tous vous dire, j'ai peur de le lui demander. Je ne souhaite pas avoir honte. Il me dit.

— Je plaisante… Il faudra que l'on vous fasse un petit cours sur les grades et les appellations des officiers dans l'armée.

— Si cela peut m'aider.

Le Lieutenant ferme le dossier qui se trouve devant lui et il prononce les paroles suivantes.

— Oui… Je pense que cela vous sera utile. Maintenant, il faut que l'on commence à vous apprendre le morse, la cartographie, à reconnaître les divers uniformes de l'armée allemande, la transmission d'informations. Parce que plus vite vous serez prête plus vite, on peut vous confier des missions. Préparerez-vous cela va être intensif.

— Je suis prête, mon Lieutenant !

— Vous voyez, vous avez déjà retenu votre première leçon.

Durant les derniers jours du mois d'août et la première semaine du mois de septembre de cette année-là, les cours, du Lieutenant, dont j'ai su au bout de deux semaines son nom, O'Connor était plus qu'intensif. Je me réveille le matin à six heures trente. J'arrive le matin à huit heures au camp de Brook, je commence par un heure trente de sport de combat. Ensuite, je rentre dans la salle de cours pour une heure trente de cartographie. Par la suite, je passe un heure pour apprendre le codage de message. Je fais une petite pause de midi à midi trente. Ensuite, je reprends en commençant par trois heures trente de cour de morse. Suivi par deux heures de sport général. Puis je poursuis par deux heures de codage de message et pour finir, jusqu'à vingt-deux heures, c'est pour apprendre les divers uniformes des troupes allemandes. Et ce merveilleux programme se reproduit du lundi au vendredi, sauf que le vendredi je finis au coucher du soleil. En effet, ils avaient bien pris note que j'étais de confession juive. Dans ma religion, le vendredi au coucher du soleil, c'est ce que l'on nomme le shabbat. On ne travaille pas.

Le jeudi 5 septembre 1940, le Second Lieutenant Nigel Billing me donne l'information que je vais avoir une permission de quatre jours pour visiter mes parents à compter du week-end du 14 septembre 1940. Mais que pour des raisons de sécurité évidentes, je ne devrais rien, leurs dires sur mon entraînement au camp. Je peux vous dire que j'étais extrêmement heureuse d'apprendre cette nouvelle. Je crois bien qu'à ce moment-là, c'était le plus beau jour de ma vie. J'étais joyeuse.

Le samedi 7 septembre 1940, vers seize heures cinquante-cinq, un bruit effroyable fait trembler les murs de ma chambre. Je ne comprends pas ce qui se passe. Je me précipite hors de ma chambre. La plupart des habitants du petit immeuble où je réside sont également sortis. Je devine en voyant les gens sortir de leurs demeures qu'il ne s'agit pas uniquement de mon bâtiment. En regardant au sol, je vois de grandes ombres noir passé. Comme beaucoup de personnes à ce moment-là, je me mis à regarder le ciel d'Ashford. Et là, ma stupeur, je vois de nombreux bombardiers et d'avions plus petits passés, au-dessus de nous. Cette escadrille se dirige vers Londres. Quelques minutes plus tard, pas plus de deux minutes, mais que me semble long à ce moment-là, des soldats arrivaient en ville et demandent à la population avec l'aide des policiers de se diriger vers les caves des bâtiments. C'était une véritable panique. Imaginez les parents courant vers les abris. Portant dans les bras leurs jeunes enfants. Les personnes âgés que les policiers et les militaires sur place essayer tant bien que mal de mettre en sécurité. J'ai vu un groupe homme se mettre à courir, bousculant une femme enceinte et pour certains d'entre eux-mêmes la piétinés. Un soldat aide la jeune femme à se relever et l'attire vers une entrée d'immeuble. Et dans tout cela, les cris et les pleurs. Je m'inquiète et je demande.

— Ce sont des avions, amis ou ennemi.

— Ce sont des avions allemands donc des ennemis !

Comme les autorités le demandent, je me suis précipitai dans la cave de l'immeuble où j'avais élue résidence. Les sirènes d'attaque aérienne se mirent à sonner. J'avais peur. On peut entendre les centaines d'avions passés au-dessus de nous. Ce dont j'avais encore plus peur pour mes parents. Ses avions se dirigent vers Londres. J'espère que mon petit papa et ma petite maman vont se mettre à l'abri. On peut entendre des enfants accompagnés de leurs parents pleurer. Le bruit quasiment incessant des avions cassés un léger silence entre deux alertes.

Les lumières se sont éteintes dans toute la

ville. Les sirènes émettent toujours leurs bruits stridents. On commencer à se demander si ce n'était pas le prémices d'une attaque terrestre des troupes allemandes. Cela a duré une très longue partie de la nuit. C'est vers six heures du matin, un soldat accompagné d'un policier est rentré dans la cave de mon immeuble pour dire aux gens qui étaient présents que c'était fini et que l'on pouvait sortir. Lorsque je suis passée au côté du policier qui était présent, je lui ai demandé.

— Il y a beaucoup de dégât dans la ville !

— Non pas ici madame… Par contre… Londres et sa banlieue, on subit de nombreux dégâts. Il y a, je pense, beaucoup de morts.

À ses mots, c'est comme si l'on m'avait coupé les jambes. Comme si un des membres d'équipages de ses avions était devant moi me transperce la poitrine pour retirer mon cœur encore battant. Je me suis effondrée en larme en pensant que peut-être, je peux ne jamais plus revoir mes parents. Les larmes coulent le long de mon visage.

Quelques instants plus tard, le Second Lieutenant Billing et le Lieutenant O'Connor arrivent devant mon immeuble. Ils me virent agenouillée. Ils sont tous les deux venus à ma rencontre. Je pense que ses derniers étaient inquiets, et craignez que je ne sois blessée.

— Lauren, vous allez bien ? Demande Billing.

— Londres… Second Lieutenant… Londres…

— Nous savons… On n'était pas prêt. Dis O'Connor.

— Mes parents ? Vous savez si mes parents sont… sont…

— Malheureusement non… Désoler Lauren…

— Second Lieutenant… Vous allez conduire cette jeune femme chez elle à Finchley et voyiez ce que l'on peut faire. Vous me ferez un rapport de l'état de Londres.

— À vos ordres, mon Lieutenant ! … Lauren venait avec moi.

On est parti aussitôt. Le Second Lieutenant Billing roule aussi vite que possible. D'ailleurs parfois je vous avoue que j'ai eu de grosses peurs. Le voyage était beaucoup plus long que lorsque l'on a quitté la maison de mes parents pour nous rendre à Ashford. Vous me direz que lorsque l'on est arrivé à quelques kilomètres avant Londres on a pu entrapercevoir plusieurs colonnes de fumée. Et l'on a pu apercevoir également, des cratères des bombes. Ce qui a certains endroits, cela donne une vision presque lunaire de la campagne londonienne. On a dû être détourné de certaine route en raison que les amoncellements de tas de pierres des immeubles qui jonche le sol. Cette image de notre belle capitale m'a rendue triste. Je peux que penser aux nombreuses personnes sous les gravats. À ses femmes, hommes et enfants qui en ce beau jour du samedi 7 septembre 1940, on dut aller pique-niquer, sortir dans les parcs, pour certain manger dans leurs jardins. Cette attaque des Allemands était traite parce qu'elle ne vise pas les installations militaires, mais uniquement la population.

En arrivant vers Finchley, et en voyant que la plupart des bâtiments furent détruits, le Second Lieutenant me dit.

— Lauren… Je vais avoir besoin de vous pour me guider dans la ville. Vous avez plus de connaissance du terrain et des rues de la ville, que moi.

Je guidais le Second Lieutenant au travers de la ville jusqu'à ce que l'on tourne dans la rue, ou résidé mes parents. Au fur et à mesure que nous avançons, nous apercevons que des maisons en ruine. Il y avait encore quelques maisons encore debout. Mais lorsque les maisons ne sont pas détruites, elles ont subi les très lourds dégâts. Puis nous sommes arrivés devant la maison de mes parents. Il ne restait plus rien de la maison de mon enfance. Adieu mes beaux souvenirs. Je vois des voisins qui fouillent dans les décombres de la maison de mes parents. L'un d'eux m'aperçut et dit.

— Elle est là ! Lauren est là !

Tous s'arrêtent de fouiller dans les décombres. Le plus vieux des fils de notre voisin, John Clark me dit.

— On craignait que tu sois sous les décombres.

— Mes parents vont bien ?

John se tourna vers son père et ensuite baissa la tête. Son père s'approcha de moi et me dit.

— Lauren, je suis désolée… On n'a rien pu faire pour eux. Dès que l'on est sorti, on est venu sur les divers décombres pour rechercher des survivants, mais c'était trop tard… On les a retrouvés tous les deux… Main dans la main…

Puis, monsieur Clark me désigne un coin de pelouse. Sur ce coin de pelouse, il y avait un drap blanc recouvrant les corps de mes parents. Je me suis approchée de ce drap. Je me suis agenouillée. Et je voulais soulever ce drap pour voir une dernière fois mes parents. Le Second Lieutenant Nigel Billing m'a suivi. Ce dernier me prit la main. Et il me dit.

— Lauren, je serais vous je ne le ferais pas. Cela peut vous laissez une mauvaise image de vos parents. Le mieux que vous pouvez faire pour eux et en leurs mémoires est de garder dans votre esprit les meilleurs souvenirs que vous avez passés avec eux.

J'ai ressenti le monde se dérober sous mes pieds. Je ressens les larmes coulées le long de mon visage. Je l'avoue, j'ai une certaine colère contre les Allemands. Parce qu'ils se sont attaqués à des personnes innocentes. Ce n'est pas juste pour mes parents. Bien que je ne le pardonnerais jamais à ses hommes ce qu'ils ont fait ce jour-là ! Mais c'est aussi pour les nombreuses victimes civiles. Ce jour-là, je peux vous dire que j'avais une grande haine contre les pilotes de ses avions allemands. Je peux dire que j'avais une certaine hâte de me trouver face aux soldats allemands pour me venger de cette infamie. Comme l'a dit quelques heures plus tard le Premier ministre Winston Churchill.

J'avais un regard noir rempli de haine selon les dires du Second Lieutenant Billing. Mais comment auriez-vous réagi si des personnes tuent tous les membres de votre famille sans aucune raison valable ? Des personnes qui n'avaient rien demandé. Des personnes qui n'étaient même pas des militaires. Je regarde le Second Lieutenant Billing et je lui dis.

— On repart Second Lieutenant, je n'ai plus rien ni personne ici ! Les Allemands vont me le payaient!

Le Second Lieutenant et moi-même avons fait le retour à Ashford sans dire un seul mot. Je me contente de regarder uniquement le paysage meurtri de mon beau et doux pays. C'était comme si mon sang était en éboulassions. S'il y avait eu un Allemand devant moi à ce moment-là, je l'aurais torturé.

Le samedi 7 septembre après-midi, et durant la nuit du dimanche 8 septembre 1940, de dix-sept heures à quatre heures, les Allemands avaient envoyé trois cent soixante-quatre bombardiers et cinq cent quinze chasseurs pour abattre le moral de la population britannique. Il y a eu quatre cent trente morts justes durant cette attaque.

Durant les semaines et les mois qui suivirent, je me suis consacrée à me perfectionner dans la cartographie, le morse, le combat rapproché, le maniement des armes du couteau au fusil mitraillcur. Jc voulais qu'une seule chose. Tuez des Allemands. Il me reste qu'une seule chose à apprendre. C'est de sauter en parachute. Le plus dur, ce n'est qu'aucun des instructeurs, ne voulait me donner cette instruction. Je ne sais pas si ses personnes étaient misogynes. Loin de moi de les juger. Mais à chaque fois que je fais la demande, on me répond que je ne suis pas prioritaire. Mais je pense personnellement que c'est aussi pour la raison que je suis une femme. Et que dans la vision des hommes, une femme a le devoir de rester à la maison pour s'occuper du ménage et des enfants. Ce que je ressens comme du sexisme. Mais bon, je vais attendre mon heure. J'allais souvent, le soir, dans un salon où les hommes boivent de la bière. Mais moi personnellement, je bois du thé et parfois du café. Bien que je trouve que le café a un goût amer. C'est un soir, c'était la mi-décembre, où j'ai fait la connaissance d'un Colonel. Je vous avoue, je suis très observatrice. Et ce Colonel avait un insigne sur son uniforme. C'était celui des forces parachutistes. Je me suis approchée de lui. Et je demande de faire un pari avec le Colonel lui disant que si j'arrivais à lui prendre son livret militaire il obligerait un instructeur de me faire la formation parachutiste. Il faut vous dire que les paries était fréquent dans les lieux de détente des soldats. Même si cela était formellement interdit par le Règlement militaire. Il y avait des paries sur tous type de chose. Le Colonel accepte pensant qu'une jeune femme frêle comme moi n'aurait aucune chance de lui dérober son livret militaire. Trois minutes après notre accord, j'ai déclaré au Colonel.

— Colonel… Pouvez-vous s'il vous plaît me faire voir votre livret militaire juste pour voir comment il est ?

Le Colonel me répond par une affirmation pensant qu'il avait encore son livret militaire. Puis il se mit à le chercher. Je vous avoue que je l'ai laissé le chercher pendant deux bonnes minutes avant de lui faire voir que j'avais son livret militaire entre les mains. Il a été fort surpris et il m'a dit.

— Bravo, vous m'avez battu… Sachez que je suis un homme d'honneur et donc demain matin, vous pouvez vous présenter auprès du Sergent White pour votre instruction. Encore bravo.

— Mais ce fut une joie mon Colonel !

Puis j'ai pensé dans ma tête.

Enfin ! Avec cette nouvelle corde à mon arc, je serais bientôt prête pour ma vengeance vis-à-vis de ses assassins d'Allemands !

Le lendemain matin, je me suis présentée à la section du Sergent White.

— Mes respects, Sergent… Je suis envoyée par le Colonel…

— Ah oui… C'est vous qui lui aviez subtilisé son livret militaire…

— Euh… Techniquement, je ne lui ai pas dérobé son livret militaire… Je lui ai, emprunté pour pouvoir suivre votre instruction.

— Oui, mais lui… Il dit que vous lui aviez volé son livret militaire !

— Eh bien, c'est faux.

— On est mi-décembre… Comme vous êtes une femme, je me dis que fin mars vous serez prête.

— Moi je vous promets que je serais prête avant.

L'entraînement commença. Cela fut très dur d'autant plus que les hommes se sentaient rabaissés de me voir à leurs côtés. Je vous l'avoue, j'ai passé de nombreux sales quarts-heure comme on dit. J'avais l'impression que l'entraînement était plus dur pour moi que pour mes collègues hommes. J'ai tenu bon, rien ne me fera lâcher pris de mon objectif de me venger des Allemands en mémoire de mon frère et mes parents. Comme je l'avais dit au Sergent White, je me suis donnée à fond. La section des troupes de parachutisme avait mis en place une fausse porte d'avion, a une hauteur de quatre mètres de hauteur et des matelas aux pieds pour nous réceptionner sans nous blesser. À notre arrivé, le matin, le Sergent White nous fait courir pendant trois longues heures. Ensuite, on devait réaliser un petit parcours d'obstacle. Ce que les militaires nomment un parcours du combattant. On devait apprendre à monter à la corde pour toucher un foulard qui était placé à six mètres du sol.

Après deux semaines éprouvantes, et croyez-moi, ce n'est pas une sinécure. Le Sergent White informe la section dans laquelle j'étais la seule et unique femme qu'il est temps de passer aux réjouissances. Je peux vous le dire pour moi je ne comprendrais jamais qu'il avait osé nommer cela des réjouissances. Je trouve que ce terme ne convient pas à ce que moi j'ai vécu. Les premiers jours, il nous fait monter dans un avion aménagé pour le transport de soldats. Et a une attitude de deux pieds, ce qui donne une hauteur de soixante mètres environs, il nous ordonne de sauter et que si une personne refuse de sauter il lui retire le sac de parachutes et qu'il le jette par l'ouverture. Je me suis approchée de la porte de l'avion. Je prends une grande respiration et avant que je m'apprête à sauter je sens comme si l'on me pouce hors de l'avion. La semaine suivante, c'était d'une hauteur de six cents pieds, soit approximativement cent quatre-vingt-deux mètres d'altitude. Mais là, je ne me suis pas laissé faire je me suis mise à courir vers la porte et me jeta hors de l'avion. J'ai fini ma session d'instruction aussi vite que les hommes.

À partir de maintenant, je peux appliquer ma vengeance.

Le Second Lieutenant Billing et le Lieutenant O'Connor sont venus me voir pour avoir fini mon instruction. Le Lieutenant avait un dossier sous le bras droit et ils me demandent de les suivre. Ce que je fais me demandant ce qu'il se passe. Je me demande si j'avais fait une bêtise. On se dirigent vers le bâtiment F6. C'était la première fois que je rentre dans cette bâtisse. Je les suis dans le dédale des couloirs. Le Lieutenant ouvre une porte d'une salle et me demande de rentrer. Je rentre dans la pièce. Ce n'était pas comme dans le bâtiment F4, ce n'était pas une salle d'instruction. Mais une salle avec une maquette. Et en observant la maquette qui était posée sur des trépieds. Je reconnus la région de mes vacances. Le Lieutenant me dit.

— Lauren, veuillez-vous asseoir s'il vous plaît.

Je m'assis sur une chaise et l'écoute.

— On a une mission et elle est potentiellement dangereuse. Bon, vous savez parler le français, c'est pour cela que l'on vous a choisi. Vous connaissez la région de Bordeaux ?

— Oui, j'ai mon amie Marie Duval qui est de Bordeaux.

— Vous allez être parachuté sur la région de Bordeaux et vous allez nous transmettre les mouvements de troupe allemande sur ce secteur. Êtes-vous d'accord ?

— Naturellement. Quand allons-nous partir ?

— Cette nuit. C'est une mission importante. On compte sur vous Lauren.

— Je ne vous décevrai pas.

— Vous serez sous le commandement du Second Lieutenant Billing. Allez-vous préparer.

— Enfin le départ pour une mission.

Quelques heures plus tard. Lauren, le Second Lieutenant Billing et deux autres soldats montent dans l'avion. Le stresse commencer à monter en nous. Enfin moi en tous les cas, j'étais pressée de faire cette mission.

L'avion prit son envol et le vol se passera bien. Enfin jusqu'à ce que des canons antiaériens décident de nous tirer dessus.

Projet : Lumière dans la nuit.

Plan de situation de la ville d'Ashford.

Projet : Lumière dans la nuit.

3. FRANCE, NOUS VOILÀ !

Cela fait près de dix minutes, que les canons antiaériens nous tirent dessus. Les pilotes de l'avion essaient tant bien que mal d'éviter les obus de la DCA allemande. L'avion osciller dans les airs. Cela avait pour conséquence que nous étions ballottés de gauche à droite. Un des membres de l'équipage vient vers nous et nous dits.

— Je suis désolée, mais vous allez devoir sauter maintenant. On ne tiendra pas longtemps.

Le Second Lieutenant lui répond.

— Sommes-nous loin de notre objectif ?

— Malheureusement oui. Plusieurs centaines de kilomètres, mais je suis dans l'impossibilité de vous donner une estimation précise. Vous devez sauter.

— Zut ! Bon d'accord, fais-nous le signal, lorsque nous pourrons sauter.

— À vos ordres !

Le Second Lieutenant se leva et il nous fit signe que l'on devait également se lever. On allait sauter malgré les tirs allemands. Nous nous sommes levés et nous avançons vers la porte de saut de l'avion. La difficulté était de rester debout malgré les mouvements de l'avion. Au côté de la porte, un phare rouge se met à clignoter. Puis, il est resté rouge en stoppant de clignoter. Puis une lumière verte qui s'alluma. Le Second Lieutenant se mit à crier.

— Allez, on saute… On saute…

On se précipita hors de l'avion. Autour de nous, il y avait les explosions des obus de l'antiaérienne Allemande en France. Il me semble que les troupes allemandes n'apprécient pas le passage de notre avion au-dessus du territoire occupé de France.

Mais durant mon saut, j'essaie de repérer des points de repère que j'ai identifiés sur la maquette. Mais c'était étrange je ne reconnais rien. Pourtant durant 1 heure j'avais observé cette maquette. Je ne comprends pas pourquoi je ne retrouve pas mes points de repère. Après quelques minutes de descente, je touche enfin le sol français. D'un coup, une déflagration plus forte que les précédentes se fit entendre. L'avion qui nous transporta vient de se faire toucher par un des obus de la DCA allemande. L'avion descendait en torche enflammée telle une météorite en feu lors de son entrée dans l'atmosphère terrestre.

Je n'ai pas réussi à voir si les membres de l'équipage de l'avion avaient eu le temps de se précipiter hors de l'avion avant que l'obus de l'antiaérienne Allemande ne touche l'avion.

Je me mis à chercher le Second Lieutenant Billing et les deux autres membres de notre équipe. On avait sauté au-dessus d'une petite forêt. Après cinq minutes de recherche, je suis tombée sur le corps, inerte d'un membre de notre équipe. Le pauvre avait dû se rompre le cou accroché à une branche d'un arbre. Quelques instants plus tard, je suis rejointe par le Second Lieutenant et le deuxième soldat de notre équipe. Avec l'aide du second soldat et du Second Lieutenant Billing, on a réussi à détacher le corps de notre collègue de l'arbre. On le pose sur le sol du petit bois. Le second soldat commence à creuser un trou pour enterrer notre compagnon d'arme. Le Second Lieutenant Nigel Billing le regarde et lui dit.

— Soldat, je ne suis pas certain que nous ayons le temps d'enterrer notre camarade.

— Mais mon Lieutenant, nous ne pouvons pas le laisser comme cela.

— Je suis désolé soldat. Mais cela serait trop dangereux. Réplique le Second Lieutenant Billing.

À la fin de cette phrase prononcée par le Second Lieutenant, on entend au loin des aboiements de chien. Je regarde le Second Lieutenant et lui dis.

— Mon Lieutenant… Lors du saut, j'ai essayé de repérer notre position dans le secteur de Bordeaux, mais je n'ai pas reconnu le secteur. Je ne peux pas vous dire si l'équipage de l'avion a réussi à sauter avant que l'avion ne s'écrase au sol.

— Comment vous dire Lauren ? Nous sommes à quelques centaines de kilomètres de notre objectif. C'est le copilote de l'avion qui me l'a confirmé avant de nous demander de sauter de l'avion. À l'heure actuelle, je vous avoue que je ne sais pas, ou nous sommes en France.

Le Second Lieutenant Billing regarda autour de lui et il vit au loin une lueur. C'était la lueur d'une ferme. Une maison isolée à quelques distances de notre position. Lauren dit.

— Allons dans cette ferme, Second Lieutenant.

— Non parce que les Allemands chercheront automatiquement dans les lieux proches de notre lieu de parachutage.

Le petit groupe des trois commandos britanniques se mit en route en direction d'une commune plus éloignée. Nous nous sommes déplacés et marché pendant environ trois quarts heures. Pendant que nous marchons, le Second Lieutenant Billing marcha dans un trou ce qui a eu pour circonstance qu'il se foula la cheville gauche. On a vu de la lumière dans une maison près de la gare de la ville de Meung-sur-Loire. Le soldat qui était avec nous escalada le petit mur qui détermine le périmètre de la propriété. Les volets de la maison étaient ouverts. Il a pu observer à l'intérieur de la maison et vit une femme avec son enfant de cinq ans environ. Il les observa pendant plusieurs minutes pour savoir si d'autres personnes étaient présentes à l'intérieur de la bâtisse. Pendant ce temps-là, Billing et moi-même nous nous sommes cachés derrière des véhicules qui étaient garés près de la gare.

Après avoir fait la surveillance de la maison, le soldat est revenu vers nous pour nous signaler que pour lui il ne devait pas y avoir de réels dangers. Je regarde le soldat et lui dis.

— Le Second Lieutenant ne pourra pas passer par-dessus le mur. Il faut que l'on nous ouvre le portail d'entrée de la maison.

— Je m'en occupe. Je vais frapper à la porte et demander de l'aide.

— Il faut bien faire attention, soldat. On ne sait jamais.

— Ne vous en faites pas je parle, très bien le français et sans accent.

Ce que je ne savais pas, c'est que ce soldat bien qu'il porte un uniforme de l'armée britannique était en réalité un soldat français qui avait été rapatrié en Angleterre depuis Dunkerque. Il se dépêcha de passer le mur et alla frapper à la porte de la maison. Pour notre sécurité, le Second Lieutenant Billing et moi-même restons cachés. Ce qui est marquant, c'est que depuis le lieu où je me trouve je peux entendre la conversation entre la femme et le soldat français.

— Bonjour, madame, je suis désolée de vous déranger à une heure aussi tardive. Je suis un soldat de la France libre et nous avons été parachutés un peu plus tôt. Je suis accompagnée de deux autres personnes et nous cherchons un refuge. Parce qu'il y a notre chef de mission qui est blessé à la cheville. Pouvez-vous nous aider ?

— Mais naturellement, voulez-vous ouvrir le portail pour qui rentre ?

— Oui effectivement s'il vous plaît.

La femme prit les clés et les donna au soldat qui partit ouvrir le portail. Il nous fait signe de venir. Le Second Lieutenant se leva et l'on avança vers le portail. Puis on entra dans la cour de la propriété. Le jeune enfant regarde par la fenêtre pour surveiller le secteur pour s'assurer qu'aucun Allemand n'était en vue.

La femme nous demanda de rentrer vite dans la maison. Elle regarda le Second Lieutenant Billing est lui dit.

— Vous auriez dû mettre une tenue civile.

Billing fait un sourire et lui répond.

— Madame, je suis un soldat du roi et une tenue civile n'est pas confortable pour sauter d'un avion.

— Je vais vous donner des tenues civiles de mon mari comme cela, vous ne serez pas aussi voyant. Imaginez si vous tombez sur une patrouille allemande. Avec votre uniforme, vous auriez été arrêtés.

Je regarde cette jeune femme et je me dis que peut-être nous avions le même âge. Elle était fort sympathique. Je remarque qu'elle parle de son mari au passé. La jeune femme me regarda et me dit.

— Pour vous, je vais vous donner quelques-unes de mes robes. On doit faire à peu près la même taille. Vous êtres, de nationalité française madame ?

Je lui fais un sourire et réponds.

— Non-madame, je suis britannique.

La jeune femme me regarda et sourit.

— Je dois vous dire… Que votre expression en français et remarquable. Vous n'avez pas d'accent prononcé. On peut croire que vous avez toujours vécu en France. C'est tout à fait surprenant.

— Merci beaucoup, sachez que depuis que j'ai l'âge de 10 ans, je passe mes vacances en France dans la région de Bordeaux. D'ailleurs, c'est là-bas que l'on devait se rendre.

— Comment vous dire ? Vous êtes relativement loin de Bordeaux. Ici, c'est Meung-sur-Loire dans le département du Loiret. On est à environ vingt kilomètres de la ville d'Orléans. Bordeaux est à environ quatre cents kilomètres d'ici.

Le Second Lieutenant Billing surpris réplique.

— Quoi ? Quatre cents kilomètres ? Opérateur Radio, prenez contact avec Londres et informez-les. Pensez à leur poser la question, comment peut-on faire pour rejoindre Bordeaux et sa région ?

L'opérateur radio mit la valise sur la table. Puis il sortit de la valise divers éléments. Une antenne, un clapet de morse et un amplificateur et il les disposa sur la table.

Le jeune soldat français commença d'envoyer un message en code Morse à Londres. Après quelques lignes de son message, on entendit dans la rue, des véhicules entrains de se stationnés. Avec la fenêtre ouverte on s'est rendu-compte, que c'étaient des Allemands. En effet, une voix hurlée des ordres dans la langue de Goethe. Aussitôt, la femme dit à l'Opérateur Radio de couper la communication avec Londres. Ce qu'il fait aussitôt. Il déconnecta tous les branchements. La femme nous dit.

— Suivez-moi vite. Je vais vous cacher dans la cave derrière un faux mur.

On la suit tant bien que mal. Elle nous guide dans un petit couloir qui conduit à une porte, qui nous guide à des marches. On descendit les marches avec la valise avec les éléments de la radio à moitié fermée. Pour vous dire, c'est moi qui avais l'antenne dans ma main. On arriva face à un mur. On s'est tous immobilisés. La femme arriva et fit pivoter le mur. On entra et là on vit que d'autres personnes étaient présentes. Elle nous dit.

— Entré et surtout après vous ne bougez plus. Encore, une petite demande ne parlait pas. Vous serez à l'abri.

La femme referma le mur derrière nous. Les personnes qui étaient avec nous dans cette pièce, nous fixés du regard. Parmi eux, il y avait des enfants. Le Second Lieutenant me regarde et me dit à voix basse.

— Mais qui sont ses personnes et pourquoi sont-ils cachés ici ? Là, je ne sais plus quoi penser.

D'un coup, un homme d'un certain âge enfermé avec nous se mit à parler avec un jeune homme. Je remarque qu'ils parlent entre eux en Hébreux. Pour être exacte en yiddish. Le jeune soldat français dit.

— Mon Lieutenant, vous comprenez ce qu'ils disent ? Parce que ce n'est pas du français et je ne comprends pas.

— Sergent, je vais être honnête avec vous. Je ne sais pas du tout de quelle langue il s'agit.

— C'est du yiddish. C'est une langue que le peuple juif d'Europe central utilise. Cela est étrange qu'il parle cette langue.

— Lauren vous avez compris ce qu'ils disent ?

— Oui enfin en partie. Il se demande si l'on est pourchassé par les Allemands et si c'est parce que l'on est juif.

— Vous pouvez essayer de leur expliquer Lauren.

Je me suis approchée des deux hommes et je parlais à voix basse.

— Nous sommes Britanniques. Nous sommes en mission. N'ayez pas peur de nous. Nous sommes contre les Allemands.

Le plus jeune des deux hommes me répondit.

— Nous sommes Polonais. Des juifs polonais pour tous vous dire. Nous avons fui la Pologne peu de temps après l'arrivée des Allemands. Les Allemands ont rassemblé beaucoup de juifs de notre petite ville, femmes, hommes et enfants. Ils les ont emmenés en forêt et là… Bang… Bang… Ils les ont tous abattus. Ils sont tous morts. Pourquoi au début de la guerre, votre pays nous a laissé tomber ?

— Monsieur, croyez-moi. Nous nous en excusons pour notre naïveté. Mais le Premier Ministre du Roi Neville Chamberlain a commis une lourde erreur nous le savons maintenant. C'est pour cela que le nouveau Premier Ministre du Roi est Winston Churchill. Dis Lauren.

— Qu'est-ce qu'il a dit ? Demande Billing.

— Ce sont des juifs polonais. Les Allemands ont arrêté tous les juifs de leur ville et les ont conduits en forêt pour les tuer.

— Mais ses personnes que les Allemands ont tuées étaient des soldats ?

— Je ne pense pas mon Lieutenant. Il m'a parlé de femmes, d'hommes et d'enfants.

— Des enfants… Les Allemands sont des hommes répugnants. Pardon, excusez-moi, mais cela me dégoûte. Dis le soldat français.

— Mon Lieutenant, croyez-vous que Londres soit au courant des agissements des Allemands en Pologne ?

— Je ne sais pas, mais on se doit de les informer. J'espère que cette patrouille partira vite, que l'on communique ses informations à Londres.

Cela fait quarante minutes que les Allemands sont dans le secteur. Il fouille toutes les maisons. Tous d'un coup, on entend la porte qui donne sur la cave s'ouvrir. Puis des bruits de botte retenti au-dessus de nous. C'était un soldat allemand qui descend les marches pour contrôler la cave. Le bruit sourd d'une conversation au-dessus de nous, nous informe des évènements.

— Alors, madame, vous dites qu'il n'y a que vous et votre fils dans la maison actuellement.

— Oui, c'est bien cela, monsieur l'officier.

— Vous n'avez vu personne ni entendu les tirs de la DCA à quelques kilomètres d'ici.

— Vous savez les tirs… Moi j'en ai l'habitude… Après tous… Vous nous tirez dessus, lorsque la population évacuer pour se mettre en sécurité.

— Madame, ce n'est pas sur la population que l'armée allemande tire… C'était sur les soldats cacher parmi la population que nos avions-tirés.

— Dites-le aux enfants qui ont vu mourir leurs parents, suite, aux nombreuses attaques aériennes de vos avions de chasse.

— Madame, vous n'aimez pas les soldats allemands n'est-ce pas ?

— Je ne vais pas vous mentir. C'est exact. Je ne porte pas dans mon cœur les membres de l'armée qui ont tué mon mari.

— C'est la guerre, madame, il y a inévitablement des morts.

— Dites-le à mon fils.

On entend les bottes du soldat allemand qui était descendu dans la pièce remonter. On entend un claquement de talon de botte. Ce dernier dit.

— Oberfürer, personne dans les pièces hormis la femme et son fils.

On réentend un claquement de talon de botte et la voix dit.

— Madame, au revoir. Si vous voyez des personnes inconnues dans le secteur appelé la gendarmerie qui nous informera. Heil Hitler.

Les bruits des bottes se font entendre de moins en moins fort. On entend le son de moteur qui démarre et les véhicules s'éloignent. Après quelques minutes, on entend de nouveau des pas dans l'escalier. Le mur se mit à pivoter de nouveau. C'était la jeune femme qui était là. Elle nous dit.

— Vous pouvez sortir maintenant.

On remonte les escaliers pour nous rendre vers une petite pièce. Le Second Lieutenant Billing demanda.

— Madame, les personnes qui sont actuellement dans votre cachette… Que faites-vous avec ses personnes ? Et pourquoi se cachent-ils chez vous ?

— Je les cache ! Je suis une membre d'un réseau qui a pour but de faire protéger les personnes de confession juive ou des personnes qui sont pourchassées par les soldats allemands et la police.

— Radio, veuillez transmettre les informations à Londres pour leurs communiqués, que ce que ses gens nous ont dit.

— À votre place, j'attendrais. Les Allemands sont peut-être partis, mais par mon expérience, je sais qu'ils ne sont jamais bien loin.

— Madame, c'est que nous avons une mission. On doit renseigner Londres sur les troupes allemandes du secteur de Bordeaux.

— Attendaient cinq minutes pour être sûr.

Pendant que la jeune femme dit ses mots. Dehors un véhicule de détection radio allemand se gare, escorté d'un side-car de la feldgendarmerie allemande. Je me place à la fenêtre et je regardai les véhicules. Je fis signe au Second Lieutenant Billing.

— Elle a raison, il y a encore des véhicules allemands sur le secteur.

La jeune femme s'approcha de la fenêtre et dit.

— Vous voyez ? Ils ne partent jamais, immédiatement les Allemands. En plus si votre radio serait en communication. Vous aurez été découverts. Avez-vous des documents d'identité française ?

— Oui, ils sont là.

— Eh bien, on voit tout de suite qu'ils sont faux ! Les tampons ne sont plus comme cela.

En cas de contrôle de la gendarmerie française ou des Allemands, vous seriez démasqués.

— Désolée, mais à Londres on n'a pas les modèles des documents d'identités français.

— Je vais voir ce que je peux faire. Je vais revenir.

La femme quitta la maison. Elle franchit le portail et là un des deux feldgendarme vient à sa rencontre.

— Ausweispapier bitte !

Elle sortit de son sac un document et le donna au soldat allemand.

— Voici.

Le soldat regarda le document. Puis il le rend à la jeune femme.

— Danke schöne.

Puis elle part. Je surveille par la fenêtre en attendant le retour de la jeune femme. Le Second

Lieutenant Billing s'inquiéta en se demandent ou la jeune femme était parti. Je le vois faire les cent pas dans la pièce où la jeune femme nous a dit d'attendre son retour. Les soldats allemands de la feldgendarmerie continuent ont effectués leurs contrôles des passants. Toutes les personnes se rendant à la gare étaient contrôlées et doivent présenter un document. Je pense qu'il s'agit d'un laissez-passer pour avoir le droit de circuler. Au bout de quinze minutes, le side-car démarra dans un bruit énorme. Puis le camion et le side-car parti. La jeune femme arrive cinq minutes plus tard. Elle rentra dans la maison. Elle retire son gilet, me fait un petit sourire et dit.

— C'est bon, je me suis débrouillée. Vous aurez vos papiers demain après-midi. Cet après-midi, un homme va venir récupérer vos photos d'identité pour les mettre ensuite sur celle de demain. Comme cela, vous pourrez circuler dans notre secteur sans craindre les contrôles des troupes allemandes.

— Je vous remercie de votre aide madame. D'ailleurs quel est votre nom ?

— Appelez-moi Martine.

— Alors merci beaucoup, Martine. Mais c'est votre véritable prénom Martine ?

— Ce n'est rien. Disons que c'est un nom d'emprunt. Surtout, je n'aime pas ce que fait Pétain et les Allemands.

Quelques heures plus tard dans un après-midi ensoleiller, un homme, qui avait l'air d'avoir une trentaine d'années se présente à la porte et frappa à la porte de la maison. Il me fait penser au Second Lieutenant Billing lorsqu'il est venu à la maison de mes parents la première fois. Martine, jeune femme, chez qui nous nous sommes réfugiés part ouvrir la porte. L'homme se dépêcha de rentrer.

— Martine, bonjour, c'est Pierre qui m'a dit de venir te voir. Il m'a dit que c'était urgent.

— Merci, Louis, d'être venu aussi vite. J'ai besoin d'un service spécial s'il te plaît.

— Dis-moi Martine. Que veux-tu que je fasse?

— Je voudrais des papiers d'identité pour 3 personnes. Il s'agit d'une femme et de deux hommes.

— Tu sais que cela devient de plus en plus risqué si je me fais attraper je serais arrêtée et questionnée par les autorités.

— S'il te plaît Louis. Fais-le pour moi. C'est un groupe de trois anglais. S'ils se font prendre pour eux, c'est la mort assurément.

— Attends des Anglais ? Tu sais qu'actuellement il y a un détachement allemand en ville pour chercher ses Anglais.

L'Opérateur Radio entra dans le petit séjour de la maison.

— Oh, pardonnez-moi.

— Martine, c'est un des Anglais.

— Cela me vexe, je suis aussi français que vous. Certes, je suis sous l'uniforme anglais, mais moi, je suis français.

— De plus, leurs documents d'identité sont très mal faits. Il serait pris en très peu de temps soit par les gendarmes ou soit par les Allemands avec de tels documents.

— Sur les faux papiers qu'ils ont avec eux actuellement, ils doivent avoir des photos ?

La jeune femme montre les documents que les Anglais avaient en leurs possessions.

— Regarde, ils sont très mal faits.

L'homme regarda les documents que la jeune femme lui avait montrés. Il regarde Martine puis son regard retourne sur les documents.

— En effet, c'est une véritable catastrophe ses documents d'identité. S'ils se promènent avec cela comme document d'identité dans nos rues. Ils se feront arrêter sur le champ. Je vais prendre les photographies pour leur réaliser des plus réussis. Crois-moi Martine, cela sera facile de ne pas faire pire que ces documents.

Louis prend les photographies des documents que les services de Londres avaient réalisés pour les membres du petit commando. Et il explique à Martine.

— Martine demain dans l'après-midi, je rapporterais les documents d'identité au café de l'horloge. Sache que tu devrais envoyer une personne à ta place. J'ai entendu un gendarme parler ce matin avec un de ses collègues. Il trouve que l'on te voit trop faire des allers-retours en ville sans que tu achètes grand-chose.

— Bien entendus, Pierre. Je vais envoyer quelqu'un pour les récupérer demain après-midi aux alentours de quatorze heures, cela te conviendra ?

— Quatorze heures, c'est parfait pour moi. Si c'est une femme, prête-lui ta robe bleue et le gilet jaune. Cela me permettra de reconnaître la personne rapidement. Si c'est un homme, donne-lui la canne de ton père et un des costumes de ton mari avec un chapeau noir.

— Je ferais comme tu me le dis Louis. Fais attention à toi.

L'homme fait un sourire et dit.

— Mais je fais toujours attention.

Louis sort de la maison et regarde au loin si les rues étaient sûres. Puis, il descend les quelques marches qui le séparent de l'allée de la cour et ouvre le portail pour sortir. Il se dirige vers le centre de la petite ville.

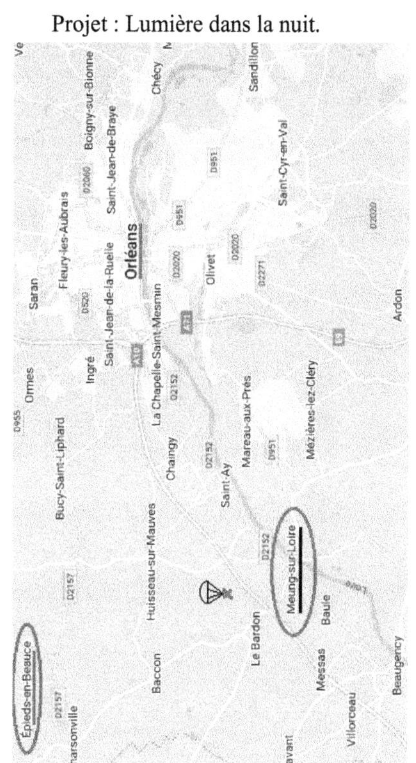

Le « x » indique le site du parachutage du commando.

Projet : Lumière dans la nuit.

4. CHANGEMENT DE PLAN.

On était tous dans la grande salle à manger. Martine regarda le Second Lieutenant Billing et lui dit.

— Monsieur, j'ai besoin d'un service. Comme moi-même, je vous ai rendu un service.

— Dite, de quoi il s'agit madame ?

— Eh bien, voilà, hier matin, vous le savez, je me suis rendue en ville pour rencontrer quelqu'un pour la raison que si vous sortez en cas de contrôle vos papiers, vous trahirez.

— Oui, je m'en souviens. Dans l'après-midi, un homme est venu ici chercher les photographies et critiquer les personnes qui nous font nos faux papiers.

— Oui, Louis est très pointilleux sur la qualité des faux documents. Vous devez être certain qu'il n'a aucun ressentiment contre les Anglais. Il y a quelque temps, un homme à qui il devait faire de faux papiers n'a pas voulu attendre et a payé une personne pour de faux papiers. Malheureusement, la personne travaillée pour les Allemands. Elle s'est fait arrêter et exécutée. Donc il est pointilleux.

— Je ne savais pas, je suis désolée.

— Louis, hier, m'a dit que, des gendarmes français parlés de moi. Que je vais être surveillée ! Je demande que vous envoyiez un membre de votre équipe pour récupérer les faux papiers.

Le Second Lieutenant Billing regarda Laurent. Par la suite, il regarda Lauren puis il dit.

— Je ne parle pas assez bien le français. Laurent doit envoyer les messages pour Londres cet après-midi. Il ne reste que vous, Lauren.

— Très bien, je le ferais. Je ne sais pas comment me rendre au lieu de rendez-vous.

— Ne vous en faites pas, je vais vous l'expliquer, c'est très simple. Je vais vous prêter une de mes robes et un petit gilet, je suis certaine qu'il vous ira à ravir.

Après le repas, Martine conduit Lauren dans une pièce et lui montre la tenue qu'elle lui a préparée. Il s'agit d'une magnifique robe de couleur bleue avec un imprimé de petite fleur blanche. D'une paire de petites ballerines de couleur blanche et d'un gilet de couleur jaune clair. Elle lui dit.

— Je vais vous faire une jolie coiffure. Vous allez être magnifique. Vous allez même faire tourner des têtes à votre passage.

Je ne me souviens plus de la dernière fois que j'ai pris du temps pour prendre soin de moi. Je pense que la dernière fois, c'était quelques jours avant le départ de mon grand frère Isaac pour la France. C'était ma petite maman qui m'avait coiffée ce jour-là. C'était étrange. Je ne sais pas comment l'expliquer. J'étais avec ses souvenirs à la fois tristes et ses souvenirs étaient également agréables. Je pensais à mon grand frère et à mes parents. Que j'aimerais tellement entendre leurs voix ! Voir leurs visages et pouvoir les toucher juste un instant, même, qu'une seule et unique petite minute.

Martine commença à me coiffer. Elle était si douce, comme ma mère. Elle plaça mes cheveux en arrière et elle fait deux petites tresses sur le côté. Martine fit rejoindre les deux tresses à l'arrière de mon crâne. Elle m'aide pour mettre la robe que je trouve magnifique. Puis je mis le gilet. Le gilet était si doux et il sentait tellement bon. Je pense que cela à l'odeur du lilas en plein été lorsque le vent souffle sur les petites fleurs et propage leurs douces senteurs. Martine me sourit et dit.

— Et maintenant une chose importante. Bon, il ne m'en reste pas beaucoup, mais une femme est une femme et le parfum est très important.

À ses mots, je fais un sourire. Je suis certaine que mes yeux de couleur vert clair, et elle fit un sourire. C'est vrai qu'avant le début de la guerre j'aimais me parfumer. Martine sortit de la table de chevet près de son lit un flacon. Elle appuie sur la poire du vaporisateur. Cela me fait baigner dans un nuage de gouttelette de son parfum. Ce parfum avait une odeur de confiserie. Cela me fait penser au parfum de bâton de barbe à papa. C'est une odeur si agréable.

— Votre parfum a une jolie odeur.

— Merci. En tous les cas, je peux vous dire que cette tenue vous va divinement. Sur vous, elle est splendide.

— Merci beaucoup.

— Si vous le voulez, je vous la donne.

— Je ne peux l'accepter, elle est si belle.

— J'insiste. Elle est superbe sur vous.

— Mais votre mari ne va pas être content, si vous me l'a donnée.

Martine baisse la tête et dit.

— Mon mari ne vous dira rien. Il est décédé. Lorsque les Allemands sont arrivés à Meung-sur-Loire. Mon mari et plusieurs hommes chassés pour rapporter de quoi manger. Ils se sont retrouvés, face à l'avancer Allemande et comme tous français. Mon mari n'acceptait pas la présence des Allemands et avec ses amis, ils ont tiré et tué des Allemands. En représailles, les Allemands après les avoir capturés les ont exécutés sur le bord de la Loire.

— Pardon, je suis désolée.

— Ce n'est pas grave, vous ne pouviez pas le savoir. C'est pour cela que je déteste les Allemands. Aussi parce que je sais à quel point ils font aux personnes qui ne rentrent pas dans leurs visions du monde idéal selon eux. Vous savez, Lauren, un ami m'a donné le livre que le chancelier Adolf Hitler a écrit lorsqu'il était en prison. Le livre s'appelle Mein Kampf. C'est horrible ce qu'il prévoit de faire.

— Je ne l'ai pas lu et vous savez, je suis contre les Allemands pour plusieurs raisons. Mon grand frère Isaac est porté disparu. Les Allemands ont bombardé ma ville et mes parents sont morts.

— Isaac… C'est un nom hébraïque ?

— Oui… Je suis juive.

— Savez-vous que les Allemands veulent se débarrasser de tous les juifs d'Europe ? Quand je dis débarrasser, c'est pour ne pas dire le mot tué. Les personnes que je cache viennent de Pologne et là-bas les Allemands tuent toutes personnes de confession juive.

— Nous sommes au courant. C'est pour cette raison que c'est moi qui vais au rendez-vous tout à l'heure. Le radio doit informer Londres de ses informations.

— Promettez-moi que vous allez faire attention.

— Je vous le promets.

— Maintenant, je vais vous expliquer comment aller sur le lieu du rendez-vous. Cela sera dans un café. En sortant de la maison, vous allez partir sur la droite. Vous allez ensuite arriver sur une grand-route. Vous traversez cette route et vous continuez dans une petite ruelle. Elle vous emporte sur une grande place. La place est en légère pente. Vous remontez cette pente et vous allez voir une rue qui passe sous une grande horloge. Vous descendez cette rue jusqu'à un café qui sera sur votre gauche. Ensuite, vous devrez commander un café. Si vous demandez un thé, les gens sauront que vous n'êtes pas française et de nos jours il faut se méfier des gens. Un homme viendra et vous donnera les papiers d'identité. Par la suite, vous revenez ici. Avez-vous compris comment faire ?

— J'ai parfaitement compris le plan. Je vais y aller.

— Je vous dis merde.

— Pardon ?

— C'est une expression française qui veut dire bonne chance.

— Un peu bizarre comme expression. Chez nous, cela serait considéré comme une insulte.

— Je ne me serais pas permis de vous insulter.

Lauren prend une grande respiration. Elle ouvre la porte de la maison et descend les quelques marches du perron de la maison. Elle ouvre le portail de la cour et sort dans la rue. Lauren était heureuse de voir la lumière du soleil du mois de mars. La température était agréable pour un mois de mars. Elle part dans la direction que Martine lui avait indiquée. La jeune femme était joyeuse et à chaque fois, qu'elle croisait une personne, elle leur disait bonjour. Elle marche le sourire aux lèvres. Elle arriva vers le lieu où doit se trouver une grande horloge. Lauren regarda au-dessus du passage de la route. Puis elle dit.

— C'est dans cette direction !

Après quelques minutes de marche, je rentre dans le café que Martine m'a indiqué. Je vois une table sans personne. Je m'installe sur la chaise qui fait face à la porte d'entrée du café. Le serveur vient à ma rencontre et me dit.

— Madame, bonjour… Que souhaitez-vous boire ?

— Je vais prendre un café s'il vous plaît.

Le serveur parti pour préparer ma boisson. Après quelques minutes d'attente, le serveur revient avec ma tasse de café. Je commence à boire mon café. Lorsque tout d'un coup, des gendarmes français et des hommes vêtus d'imperméables rentrent dans le café. L'un des hommes dits d'une voix ferme et forts.

— Ceci est un contrôle d'identité. Veuillez tous sortir vos documents d'identité !

L'inquiétude commence à me gagner. Comment vais-je faire sans ses documents ? Je risque de me faire arrêter et livrer aux Allemands. Le gendarme se dirige vers la table au côté de la mienne. À la table, il y avait un homme et une jeune femme. Le gendarme les regarde et dit.

— Vous n'avez pas entendu ? Vos papiers!

L'homme regard le gendarme et lui donne ses documents d'identification. Le gendarme les regarde et fixe l'homme et la femme. Et il leur dit.

— Vous êtes juifs ! Que faites-vous dans ce café? Les cafés sont interdits aux youpins !

Le gendarme regarde son collègue et lui dit.

— Regarde-les ces deux-là ! Les youpins se croient chez eux en France. On les embarque pour leur faire passer l'envie de recommencer.

Deux gendarmes s'approchent du jeune couple et les prennent par le bras. La jeune femme se débat en essayant de se maintenir sur la chaise. Alors, que l'homme lui gesticule dans tous les sens. Un des gendarmes sortit sa matraque et frappa violemment sur la femme et l'homme. Et ensuite, ils sortirent les deux corps inanimés du café. Le gendarme qui avait ordonné l'arrestation de ce jeune couple se tourne vers le propriétaire du café et lui dit.

— Alors comme cela tu sers les youpins ?

— Comment puis-je savoir s'ils sont juifs ?

— Oui… Oui… Tu risques la fermeture de ton café si tu sers les youpins ! Tu le sais !

— Oui gendarme.

Puis, le gendarme se tourne vers moi et me regard et dis.

— Dis-moi toi… Je ne t'ai jamais vue dans le secteur. Tes papiers d'identité !

Je commence à avoir peur parce que je n'ai pas les faux documents d'identité sur moi. Le gendarme me regarde et me dit d'une voix plus forte.

— Tu es sourde ? Je vous ai demandé vos papiers! Sinon je vous emmène pour un petit interrogatoire ! Tu es juive, c'est bien cela ?

Je sens mon cœur battre de plus en plus fort. Je ne savais pas quoi faire et je commence à trembler. Un homme en imperméable clair rentre dans le café. Et il s'approche de ma table et il dit.

— Gendarme, vous avez un problème avec ma femme ?

Je regarde l'homme et je me dis en moi-même que je ne l'avais jamais vue et pourtant l'homme dit au gendarme que je suis sa femme. Le gendarme regarde l'homme et lui dit.

— C'est votre femme ? Je ne l'ai jamais vue ici. Et vous, vous avez vos papiers d'identité ? Vous êtes un youpin ?

— Oui, j'ai mes papiers, monsieur le Gendarme. Et sachez que je n'aime pas trop que l'on m'appelle de youpin. Tenez, voici mes documents d'identité !

L'homme sortit de l'intérieur de son imperméable une carte. Le gendarme prit les documents de façon brusque. L'homme fit un sourire et fixa le gendarme et lui dit. Le gendarme ouvrir grand les yeux puis, il baissa la tête.

— Gendarme vous n'avez rien à me dire ? Vous m'avez quand même appelé « youpin » devant ma femme. En plus, sachez que le commandant de votre gendarmerie et un ami d'enfance. Et que ma femme et moi devons dîner avec lui ce soir. Et sachez que j'ai toujours les documents d'identité de ma femme avec moi. Voilà pourquoi elle ne peut pas vous les donner à votre demande.

— Je suis désolé, monsieur l'inspecteur. Je ne savais pas. Mais elle ne m'a pas informé qu'elle était votre femme et que c'était vous qui aviez ses documents d'identité.

— Ma femme a appris qu'il ne faut pas répondre aux personnes malpolies. Avez-vous été mal élevé avec elle, monsieur le gendarme ? Vous savez elle me le dira si c'est le cas et moi je ne pourrais pas laisser cela sans en parler à votre supérieur. Vous comprenez ?

— Je vous assure monsieur l'inspecteur j'étais poli avec elle !

— C'est vrai, ce mensonge gendarme ?

— Oui, je vous jure !

L'homme qui se fait passer pour mon mari me regarde, me fait un sourire et un clin d'œil. J'ai l'impression qui veut que j'embête le gendarme.

— Juliette, ma chérie, dis-moi ce gendarme a été poli avec toi ?

— Il a dit que j'étais une youpine !

— Quoi ? Gendarme vous avez eu l'audace de dire à ma femme qu'elle était une youpine ? Comment osez-vous dire cela de la femme d'un inspecteur de police ? Vous voulez que je vous convoque dans mes bureaux à Orléans. Et que je m'occupe personnellement de votre cas. Dis l'homme en hurlant.

Puis il se tourne vers les autres gendarmes et il leurs dit.

— Sachez que je n'apprécie pas du tout ! Et que je vais tous vous convoquez à Orléans et je vais tous un par un vous interrogez ensuite je convoquerais les membres de vos familles et vos amis pour les interroger. Croyez-moi cela ne sera pas une partie de plaisir pour vous, mais également pour eux. Connaissez-vous les méthodes que nous employons ? Sinon je pourrais vous les faire connaître en les testant sur vous et vos familles.

— On s'excuse inspecteur. S'il vous plaît, soyez indulgent.

— Vous me demandez d'être indulgent alors que vous prétendez que ma femme, ma douce et tendre femme est une juive ? Pas question !

— S'il vous plaît inspecteur. Dis le gendarme en larme sachant que les interrogatoires de la police d'Orléans étaient durs et très violents.

— Vous ne vous êtes même pas excusé auprès de ma ravissante femme.

— Pardon, madame, de vous avoir nommée de youpin.

— Cela ne me suffit pas ! Vous allez vous mettre à genoux, présentez vos excuses à ma femme et ensuite vous lui embrasserait les pieds !

— Je vous en supplie inspecteur.

— C'est soit, cela soit vous serez demain matin dès six heures dans mon bureau.

Le gendarme se mit à genoux devant Lauren. Lauren fit un léger sourire. Le gendarme devant toutes les personnes présente se met à embrasser les pieds de Lauren. Et tout en gardent la tête baisser il lui dit.

— Madame, je vous présente mes excuses pour vous avoir insultée de juive.

L'inspecteur agrippa le gendarme et le releva de façon brutale et le poussa jusqu'à l'extérieur du café et lui dit.

— Maintenant dégagé d'ici avant que je m'énerve et que je reviens sur ma décision.

Les gendarmes firent un salut militaire et parti. L'homme revient à la table ou j'étais assis et me dis.

— Je suis désolé de ce que ses crétins t'ont dit. Il se tourne vers le serveur et lui dit.

— Je veux un café s'il vous plaît.

— Oui tous de suite, inspecteur !

Pendant que le serveur préparer le café. L'homme me dit.

— Prenez sous la table.

L'homme me tendit des documents sous la table. Je les prends. Le serveur arrive par la suite avec le café. L'homme bu le café et me dit.

— Ma chérie je suis désolé, mais je vais devoir allez voir le commandant de la brigade de gendarmerie. Va chez ta cousine Martine et attends-moi là-bas s'il te plaît. J'ai des choses importantes à voir avec mon ami d'enfance qui dirige la gendarmerie.

— Bien, je vais chez ma cousine et je t'attends.

Je me lève et je me dirige vers la maison de Martine. Durant le trajet, je repensais au jeune couple qui a été arrêté par les gendarmes. Que va-t-il leur arriver ? Mais je pense également à cet homme que je ne connaissais pas et qui m'a sauvé des gendarmes. Cela aurait pu être dangereux pour lui. Mais j'ai trouvé cela si amusant qu'au long de mon trajet retour je ne puis m'empêcher de sourire en me rappelant le gendarme qui été à genoux devant moi et qui m'a embrasser les pieds en s'excusant de m'avoir appelée de juive.

Lorsque je suis arrivée à la maison de Martine, je suis rentrée. Martine m'attendait et s'inquiéter de ne pas me voir arrivée aussi rapidement qu'elle pensée.

— Que s'est-il passé ? Demande Martine.

— Il y a eu un contrôle de la part de la gendarmerie. Cela va, l'homme qui m'a rejoint avec les faux papiers m'a sauvé. Il a même dit à un gendarme de se mettre à genoux et de m'embrasser les pieds en me demandant pardon d'avoir dit que j'étais juive.

— Quoi ? Dis le Second Lieutenant Nigel Billing.

— Je vous parie qu'il a sorti sa carte de police. Il faut dire que Cédric a beaucoup d'humour. Explique Martine.

— Comment savez-vous qu'il a sorti une carte de police ? Dis Lauren.

— Pour qu'un gendarme se mette à genoux et vous embrasse les pieds et vous demande pardon, c'est seulement un policier qui peut le faire. Un habitant ne pourrait pas le faire sans que les gendarmes l'embêtent.

— En tous les cas, c'était drôle. Dis Lauren.

Laurent, l'opérateur radio rentre dans la pièce où se trouver le petit groupe. Il regarde le Second Lieutenant Nigel et lui dit.

— Mon Lieutenant, je viens de finir la transmission avec le quartier Générale de Londres. À la suite des informations que nous leurs avons transmises, Londres nous informe que nous changeons de plan. Nous ne devons plus nous rendre à Bordeaux. On doit rester ici pour collecter des informations sur ce secteur.

— Très bien, mais, Londres, vous a dit les informations que nous devons collecter ? Ou ce que l'on doit faire avec ce groupe de Polonais ?

— Londres a seulement dit qu'ils nous contacteront dans les douze heures pour nous communiquer de plus amples informations sur la suite de notre mission.

— Ils sont conscients que nous sommes sur un territoire occupé par les Allemands et que nous sommes recherchés ? Demande le Second Lieutenant Billing.

— Je suis désolé mon Lieutenant, mais c'est tout ce qu'ils ont dit.

— Vous pouvez rester ici le temps que vous le veuillez. Rassurez-vous vous êtes en sécurité ici.

— Merci beaucoup, madame ! Dis le Lieutenant Billing.

— Je vous ai dit de m'appeler Martine.

— Alors, merci beaucoup, Martine.

L'équipe s'installa dans la maison de Martine maintenant que le quartier Générale de Londres leur avait donné comme instruction de ne plus essayer de rejoindre la région de la ville de Bordeaux. En entendant cette nouvelle, Lauren était un peu triste. Elle avait eu pour l'espoir de revoir son amie Marie Duval lorsqu'elle saurait arriver dans la région Bordelaise. Parce que cela fait maintenant neuf mois qu'elle n'a plus de nouvelle de son amie Marie. Dans la tête de la jeune femme se demande en permanence ce que devient son amie Marie. Est-ce que cette dernière est restée à Bordeaux suite de l'arrivée des troupes allemandes ? Où a-t-elle été déplacées lors de l'avance des troupes germaniques ? A-t-elle réussi à réaliser son rêve de devenir chanteuse ? Est-ce que Marie a dit à Robert qu'elle l'aimer ?

Ce florilège de question tournée en boucle dans la tête de la jeune femme. Comment faire savoir à son amie Marie Duval qu'elle était là ? Certes à plusieurs centaines de kilomètres de son amie Marie. Mais elle était là, en France. Elle aimerait tellement revoir son amie Marie Duval. C'était la dernière personne de son passé qu'elle souhaitait voir. Elle se demanda si une lettre postée de la France même parviendrait à son amie Marie Duval. Et donc elle décida de poser la question à Martine.

— Martine ?

— Oui Lauren ?

— Puis-je vous poser une question ?

— Mais naturellement Lauren.

— J'ai une amie en France. Elle habite dans la ville de Bordeaux. Je souhaitais la revoir durant notre mission dans la région Bordelaise. Savez-vous si le courrier entre ici et Bordeaux fonctionne ?

— Oui, le courrier entre Meung-sur-Loire et Bordeaux fonctionne. Il est vrai que le courrier met beaucoup plus longtemps à être distribué en cette période. Mais c'est aussi en raison qu'il y a le service de contrôle qui ouvre les lettres et qui cherche dans les écrits si les gens n'auraient pas des informations sur des soldats britanniques qui se cacheraient sur le territoire Français.

— Il y a d'autres soldats britanniques à part nous en France ? Demande stupéfaite la jeune femme.

— Bien sûr, Lauren, vous n'êtes pas les premières troupes britanniques que je vois dans notre secteur. D'autres soldats Britanniques sont cachés un peu plus loin dans une petite commune du canton. Ils ont réussi à contourner les Allemands lors de l'encerclement de la ville de Dunkerque.

— Vous voulez dire que des Soldats Britanniques se sont enfuis de Dunkerque et ne se cachent pas loin d'ici ?

— Et bien oui ! C'est ce que je vous dis. Mais pourquoi ne nous l'avez-vous pas dit ?

— Je ne savais pas que cela vous intéresserez de le savoir.

La jeune Lauren se met encore plus à penser. Martine venait de lui apprendre que plusieurs soldats britanniques étaient dans le secteur. Et, que ses soldats étaient situés à Dunkerque au moment que les soldats Allemands avaient encerclé les troupes Britanniques sur les plages au moment de l'évacuation organiser par l'armée de Sa Majesté le Roi George VI. La jeune femme ne peut s'empêcher de penser à son grand frère Isaac. Isaac était à Dunkerque, il n'avait pas pu embarquer parce que la barque qui le mener au navire de rapatriement avec couler à la suite d'une attaque d'un avion de chasse de l'armée allemande. Mais son corps n'avait jamais été retrouvé. C'était sur la déclaration de soldat de son unité que le frère de Lauren avait été porté disparu. Donc personne ne savait s'il était réellement mort, blessé ou capturé par les troupes de l'armée Allemande.

— Il faut informer le Lieutenant Billing ! Il faut que l'on soit informé que nous avons des troupes britanniques près de notre position.

— Oui maintenant que vous me le dites je pense que cela serait peut-être un atout pour nous tous.

Les deux jeunes femmes se dirigent dans la pièce de l'opérateur radio. Le Second Lieutenant Nigel Billing était avec l'opérateur pour essayer de voir s'ils obtiennent plus de renseignements sur leur potentielle mission. Lauren regarde le Second Lieutenant Billing et lui dit.

— Lieutenant, j'ai une information importante pour Londres et cela est fortement urgent !

— Que se passe-t-il Lauren ? Dis le Lieutenant.

— Il y a des soldats Britanniques près d'ici! Explique Lauren.

— Comment cela il y a des soldats de la Couronne Britannique près d'ici. Réplique le Lieutenant.

— Oui, ils sont à environ vingt ou vingt-cinq kilomètres d'ici. Dans une ferme dans la commune d'Epieds-en-Beauce. Explique Martine.

— Laurent ! Contactez Londres sur la fréquence de message d'urgence et dites-leur cette information.

— Bien mon Lieutenant je leurs transmets le message.

L'opérateur radio, Laurent se met à transmettre les informations à Londres.

— Maintenant, il nous faut savoir comment rentrer en contact avec ses soldats Britanniques. Et surtout le faire sans que l'on se fasse remarquer.

Un court moment de silence se fit entendre. Puis d'un coup Martine dit.

— Il y a Cédric ! Avec sa fonction d'inspecteur de police, il peut se rendre dans tous les endroits du département du Loiret.

— Et en quoi cela va-t-il nous aider ? Demande le Second Lieutenant Billing.

— Lauren le connaît ! Elle a juste à faire croire que c'est sa femme et aller avec lui à la ferme. Et là, elle rencontrera les soldats Britanniques. Qu'en pensez-vous Lieutenant Billing ?

— Oui, cela me semble être une possibilité. Dis Billing.

— On pourra en parler ce soir avec Cédric. Comme cela, il nous dira si cette idée est réalisable sans trop de danger.

— Comment cela on parlera de cette idée avec Cédric. Demande Lauren.

— Lauren, c'est vous qui me l'aviez dit Cédric viendra vous chercher pour aller dîner avec son ami d'enfance le Commandant de la gendarmerie.

— Oui, mais, je pense, qui a dit cela pour rendre notre histoire plus réaliste.

— C'est-à-dire que logiquement cela devait être moi qui devais aller à ce dîner. Mais il est préférable que cela soit vous qui vous rendez au dîner au cas où vous croiseriez un des gendarmes de tout à l'heure.

— Bien, je comprends. Dis Lauren.

— Ne vous en faites pas Lauren. Le Commandant de la gendarmerie est de notre côté. C'est grâce à eux que vous avez de vrais-faux papiers d'identité. Je vous dis de vrai-faux par ce que vous avez des vrais documents d'identité, mais avec de faux renseignements. Aucun Allemand ou policier ou gendarme ne pourra faire la différence.

— D'accord, je vais y aller alors avec lui. Dis Lauren.

Contrôle de la Feldgendarmerie.

5. LES ENFANTS ET LES SOLDATS SONT CACHÉS.

En tout début de soirée, l'homme que Lauren avait rencontré plutôt dans la journée arrive à la maison de Martine. Lauren avait apprécié le jeune homme durant le court moment qu'elle avait passé avec lui dans le café. L'homme entra dans la maison de Martine. La jeune femme fait rentrer Cédric dans le séjour de la maison. Lauren avait gardé sa belle tenue qu'elle portait le matin même. Le jeune homme dit.

— Vous êtes toujours aussi magnifique que ce matin, mademoiselle.

— Merci beaucoup.

— Je suis désolé pour ce qui s'est produit ce matin au café. Je suis également désolé je ne m'étais pas présenté. Je me nomme Cédric.

— Moi, c'est Lauren. Je suis enchanté de faire votre connaissance Cédric.

— Non, vous vous nommez Juliette ! Je vous le rappelle. Faites attention ! Cela peut être dangereux de ne pas utiliser le nom que vous avez sur vos documents d'identité !

— Excusez-moi ! Je pensais que vous aimeriez savoir mon véritable prénom.

— Sachez que je connais votre prénom, c'est moi qui fabrique vos papiers d'identité.

— Je ne savais pas, désolé.

Martine regard Lauren, puis elle remarque que la jeune femme rougit. Aussitôt, elle lui dit.

— Lauren est une femme qui est très belle n'est-ce pas Cédric ! Tu ne trouves pas ?

— C'est vrai, tu as raison, Martine. Je ne dirais pas le contraire.

À ses mots, Lauren rougit encore plus. En voyant cela, Martine se met à rire. Et dit à Lauren.

— Lauren, tu ne trouves pas que ton mari est beau ?

— Mon mari, je ne suis pas marié, Martine!

— Je parle de Cédric ! Techniquement pour les gendarmes vous êtes marié.

— Ah oui, c'est vrai j'avais oublié, désoler.

— Lauren fait attention je te rappelle que

ce soir tu vas dans la brigade de gendarmerie avec Cédric. Tu dois tout faire pour rendre cette histoire, la plus réelle possible cela évitera que les gendarmes découvrent que c'est faux.

— Je vais faire attention.

— Rassurez-vous, le Commandant de la brigade est un ami d'enfance. Et il est avec nous, je veux dire qu'il est dans notre réseau de résistance. Bien que, lui comme moi, risquons beaucoup. Jusqu'à la peine de mort pour cela.

À ses mots Lauren regarda l'homme, et compris que ce jeune homme et les membres de son réseau risqué leurs vies consciemment pour sauver les vies de personne comme Lauren, Laurent, le Second Lieutenant Billing et les personnes juives cachées dans la cave de Martine. Elle trouve que c'est un acte de courage de mettre leurs vies en jeu pour secourir des personnes qu'ils ne connaissent pas. Martine regarde Cédric et lui dit.

— Cédric…

— Oui Martine ?...

— J'ai parlé à Lauren et aux autres membres de son groupe au sujet des Soldats Britanniques que nous cachons à la ferme d'Epieds-en-Beauce. Son officier supérieur, le Lieutenant Billing souhaite que Lauren se rende à leur rencontre. Peux-tu organiser cela s'il te plaît ?

— Je ne vois pas d'objection, mais il

faudra que je l'accompagne pour éviter qu'elle se fasse prendre.

— Quel est le nombre de soldats britanniques ?

— Ils sont six soldats britanniques. Mais un seul d'entre eux parle français. Tous ont réussi à sortir de l'enfer de Dunkerque.

— Mais Londres n'était pas informé que des soldats britanniques étaient cachés par des résistants français. Dis Lauren.

— Désolé, mais il faut nous comprendre Lauren. On les change de cachette régulièrement pour éviter qu'ils ne se fassent capturer par les Allemands. On cherche une solution pour les renvoyer en Angleterre.

— Je comprends.

— C'est bientôt l'heure vous êtes prête, madame Juliette Delfleur ?

— Qui ?

— Lauren c'est toi, Juliette Delfleur ! Dis Martine en riant.

Lauren se mit à rougir de nouveau pendant que Cédric lui présente son coude pour qu'elle place ses mains dessus.

— Nous devons nous rendre chez le Commandant de la brigade de gendarmerie. Penser à vous souvenir de votre nom et votre prénom. Parce que nous passons par la garde de la gendarmerie pour ensuite voir mon ami. Et ils vous demanderont certainement vos documents d'identité.

La jeune femme sortie accompagnée de son faux époux Cédric. Et ensemble, ils se dirigent vers la brigade de gendarmerie. Devant la caserne de gendarmerie, Lauren fait un arrêt. C'était comme si elle était paralysée. La peur de croiser les gendarmes bloque Lauren pendant de longues minutes. D'un coup, Cédric dit à Lauren.

— Quelque chose vous fait peur ?

— Je ne suis pas rassuré de rentrer dans ce lieu.

— Ne vous en faites pas. Vous êtes avec moi.

Le duo entre dans la brigade de gendarmerie et se présente au garde. Cédric sort de son imperméable sa carte d'inspecteur de police et dit au militaire de l'accueil.

— Veuillez signaler à votre commandant de brigade que je suis arrivé.

Le jeune militaire prend note de son nom et part voir le commandant de la brigade. L'ami d'enfance de Cédric sort de son bureau et se dirige vers l'accueil de la brigade.

— Mon ami Cédric ! tu acceptes enfin de me rendre visite à ma modeste petite brigade de gendarmerie.

— Il vaut mieux tard que jamais Alain.

— Oui, tu as raison. Juliette… Tu accompagnes ton mari, j'en suis ravi ! Puis-je te dire que tu es de plus en plus belle ? Cédric je complimente ta femme j'espère que tu ne m'en voudras pas ?

— Non rassure-toi Alain ! Je sais que Juliette est magnifique donc c'est normal que les autres hommes la trouvent splendide.

Sur les mots prononcés par Cédric, la jeune femme se met à rougir. En voyant Lauren rougir, Cédric ne peut s'empêcher de dire.

— À chaque fois qu'on lui fait un compliment, elle ne peut s'empêcher de sourire. Bien que cela fait six ans que nous sommes mariés. Je trouve cela trop mignon.

— Oui, c'est vrai. Mais Juliette tu le sais, que tu es magnifique. Cédric a de la chance de t'avoir épousé.

— Oui merci beaucoup pour ses compliments. Remarque, je trouve qu'il est aussi beau. Dis, la jeune femme en regardant Cédric.

Cédric surpris par les paroles de Lauren se met à son tour à rougir. Cette réaction de l'homme fait que son ami d'enfance se met à rire.

— Cédric, il n'y a pas que ta femme qui rougit toi aussi.

Alain se met à rire aux éclats. Les gendarmes présents au niveau de l'accueil regardent leurs supérieurs rire. Ses derniers n'avaient jamais vu leur officier rire ou même plaisanter avec une personne. Alain était considéré comme une personne plutôt froide et n'ayant pas un grand attrait pour l'humour. Alain ouvrit la petite porte qui sépare le guichet de l'accueil avec la zone des personnes venant à la brigade. Lauren et Cédric entrent dans la zone commune aux gendarmes.

Au même moment, le gendarme qui plutôt dans la journée avait effectué le contrôle dans le café arriva. Ce dernier vit la jeune femme et Cédric. Il passe à leur côté en baissant la tête pensant qu'il ne serait pas reconnu. Mais c'était sans compter sur Cédric qui l'interpella.

— Gendarme ! Comme on se retrouve. Je vous avais dit que je viendrais à votre brigade ce soir.

— Que se passe-t-il, Cédric ? Demande l'officier.

— C'est ton gendarme ici présent qui dit à ma princesse Juliette que c'est une juive !

— Quoi ?

Le Commandant se tourne vers le gendarme et lui dit.

— C'est vrai ce que vient de dire mon ami d'enfance et inspecteur de police d'Orléans, gendarme Belville ?

— Mon Lieutenant, je me suis excusé par la suite.

— Mais vous savez à qui vous avez affaire avant de dire aux gens que ce sont des juifs.

— Nous effectuons un contrôle d'identité. Et elle n'avait pas ses documents d'identité sur elle.

— Et cela vous permet de dire à la femme d'un inspecteur de police que sa femme est une juive ?

— Non mon Lieutenant.

— Ne punissez pas trop ce gendarme Alain, il est vrai que je laisse mes papiers d'identité à Cédric parce que je ne prends pas mon sac à main avec moi. Et il n'a fait que son travail. Il ne pouvait pas savoir.

— Gendarme Belville, vous pouvez remercier la femme de l'inspecteur et mon ami d'enfance Cédric. Juliette, je te prie d'accepter toutes mes excuses.

— Ce n'est rien je vous assure Alain.

— Gendarme Belville, durant le mois qui vient vous serez de garde tous les jours et vous percevrez qu'une demi-solde pour avoir osé dire que la femme d'un inspecteur de police est une juive.

— À vos ordres mon Lieutenant.

— Allons souper maintenant les amis.

Le trio prend la direction de la maison du Commandant qui se situe dans l'arrière-cour de la brigade de gendarmerie. Tous trois rentrent dans la maison. La femme du Lieutenant avait préparé la table comme si c'était un jour de fête. La femme du Commandant connaît Cédric et s'avait que Lauren n'était pas sa femme en raison que Cédric n'était pas marié. Tous prirent place autour de la table. Lauren propose à la femme du Lieutenant de l'aider pour le service. La femme dit à Lauren.

— Je vous en prie restée assise à table. Je vais m'occuper du service. Ne vous inquiétez pas, madame.

— Cédric, tu sais que les Allemands recherchent le groupe d'Anglais qui ont sauté sur le secteur. Ils nous demandent de les trouver et de les livrer.

— Lauren est une des soldats britanniques.

— Je m'en doute Cédric, mais elle doit faire attention. C'est comme ta cousine Martine. Des personnes disent qu'elle est une résistante et contre le Maréchal Pétain.

— Tu connais son avis sur Pétain Alain.

— Je comprends parfaitement Martine et je suis d'accord avec elle. Pétain est un traite vis-à-vis du peuple français ! Dis la femme d'Alain.

— Il faudrait que demain nous allions à la

ferme d'Epieds-en-Beauce pour voir les Anglais. Dis Cédric.

— Cédric, je ne peux pas venir avec toi demain à Epieds-en-Beauce, désolé. Il y a le commandant de la feldgendarmerie qui vient nous rendre une petite visite. Si je pouvais prendre une grenade et la faire exploser à côté de lui.

— Non Alain cela serait trop dangereux que cela soit pour toi et ta femme. Mais il y a aussi les personnes autour et sans compter sur les représailles que les Allemands feraient subir à la population.

— Oui, mais tu comprends Cédric ! J'en ai marre de voir ses rats se baladé comme-ci ils étaient chez eux.

— Je te comprends Alains. Mais nous devons penser que nous ne sommes pas les seuls. On les fera partir de France un jour. Je te le promets!

La jeune Lauren écouta la conversation sans dire un mot. La femme du Commandant de la gendarmerie la regarde et lui dit.

— Je suis désolé pour les mots que nous utilisons. Je sais que cela peut vous paraître méchant. Mais ne trouvez-vous pas trop dure la présence de ses Allemands sur le sol français ?

— Oui je suis consciente que les Allemands sont des assassins. J'ai perdu plusieurs personnes de ma famille par leurs fautes.

— Vous avez perdu des membres de votre famille ? Demande la femme du Commandant de la gendarmerie.

— Oui mon frère était soldat et se trouver à Dunkerque. Mais il n'est pas rentré en Angleterre. Et au début du mois de septembre il y a eu le bombardement au nord de Londres et la maison de mes parents a été détruite et nous avons avec des habitants sorti les corps sans vie de mes parents des décombres.

— C'est horrible ! J'espère qu'un jour les Allemands paieront pour ses crimes. Dis Alain.

— Je suis d'accord avec toi mon ami.

La jeune femme baissa la tête et on pouvait distinguer sur ses joues des larmes coulées. La femme du Commandant prit un mouchoir brodé et le donna à Lauren.

— Tenez ma chère. Je sais que cela ne ramènera pas les personnes que vous avez perdues, mais il ne faut pas montrer que les Allemands ont gagné cela leurs ferait beaucoup trop plaisir.

— Merci beaucoup.

— Demain ils doivent se rendre dans la ferme de ton cousin. Lauren doit voir les soldats Britanniques. Est-ce que tu peux les accompagner ma chérie.

— Cela sera pour moi un honneur. Vous souhaitez partir vers quelle heure ?

— Le plus tôt sera le mieux. Qu'en dites-vous Lauren ? demande Cédric.

— C'est comme vous le voulez. Moi je ne sais pas où cela se trouve. Donc je vous laisse décider si vous le voulez bien.

— On part alors vers 8 heures 30 ? Demande Cédric.

— Cela me convient parfaitement. Dis la femme du Commandant.

— Moi également. Dis Lauren.

— Vous allez rester ici pour dormir comme cela on partira à l'heure. Il faut manger maintenant. Demain sera un grand jour. J'en suis certaine.

Le repas fut un régal pour Lauren. Elle eut des moments de rire lorsque Cédric expliqua à Alain et sa femme le moment du café. Et Alain expliqua à sa femme son grand moment théâtral qu'il fit au moment que le gendarme Belville rentra dans la brigade de gendarmerie. Ce soir-là Lauren se coucha de bonnes heures. Et penser à sa journée du lendemain. La jeune femme se pose beaucoup de questions. De quelle région de Grande-Bretagne était originaires les soldats que la résistance cache ? Est-ce que ses soldats comprendront qu'elle est de leurs côtés ? Est-ce que l'un des soldats connaît son frère ?

Huit heures trente, c'est l'heure de se

mettre en route pour Lauren, la femme du Commandant et Cédric. Cédric prit la route en direction d'Epieds-en-Beauce. Lauren regarda le paysage avec un petit sourire. Elle se tourna vers la femme du Commandant et lui dit.

— La France est un si beau pays. Quand j'étais petite, je venais souvent avec mes parents et mon grand frère. Mais nous allions à Bordeaux.

— Oui c'est vrai la France à de beaux paysages, mais aujourd'hui ce décor est pollué par la présence des Allemands.

— On est bientôt arrivé ! dit Cédric.

Cinq minutes après avoir prononcé ses paroles. La traction entra sur un chemin de terre et de gravier. Cédric fit arrêter la voiture au centre de la cour de la ferme. Un homme de grande taille et qui semble un peu bourru sortit de la maison.

— Lucile ! Comment vas-tu ?

À ses mots l'homme souleva littéralement la femme du Commandant de la gendarmerie du sol et se mit à l'embrasser sur les joues. Lauren écarquille les yeux et dit à Cédric d'une voix basse.

— C'est qui cet homme ? Regardez, elle ne touche même plus le sol avec ses pieds.

— Ne t'inquiète pas c'est son cousin ! Dis Cédric en éclatant de rire.

— Que se passe-t-il ? Demande l'homme.

— Antoine je vais bien merci, mais tu fais

peur à mon amie Juliette.

— Quoi ? C'est qui Juliette ?

— C'est moi. Dis Lauren d'une voix frêle.

— Pardon Madame Juliette. Sachez que je ne voulais pas vous faire peur.

— Ce n'est pas grave Monsieur. Mais pouvez-vous m'appeler Juliette ?

— Si vous m'appelez Antoine ! Je n'aime pas que l'on me dise Monsieur.

— D'accords Antoine !

Antoine fit un large sourire et dit.

— Là, c'est mieux Juliette !

La femme du Commandant se penche vers son cousin Antoine et lui dit à voix basse.

— Juliette est Britannique. Elle souhaiterait voir qui tu sais.

— Oh d'accords ! Suivez-moi je vous prie.

L'homme conduit le groupe dans une grange. Il prend une fourche et déplace des ballots de paille. En dessous des ballots de paille, se trouver une trappe. L'homme tape cinq fois puis il attend, il retape deux fois et attend de nouveau puis il tape trois fois avec son pied. L'homme ouvre la trappe et descend des marches. Il allume deux torches et nous dit.

— Le but de la manœuvre est que vous

me suivez. Donc je vous prie de descendre.

Nous descendons toutes les marches. L'homme nous dit suivez-moi et attention c'est un labyrinthe. On marche à la lueur de deux torches enflammées. Dans un dédale de couloirs. Mais à chaque intersection il y avait trois chemins possibles. Heureusement qu'Antoine connaît le chemin. On arriva devant une porte. De nouveau Antoine frappa le code. Puis il ouvrit la porte. C'était impressionnant cela fait comme une alcôve. Et il y a comme plusieurs pièces relié les unes aux autres. Antoine dit.

— Coucou les amis c'est moi et des visiteurs. Une femme d'un commando Britannique souhaiterait vous voir.

Les quelques soldats Britanniques présents écarquillèrent les yeux aux paroles d'Antoine. Lauren s'avança et redit les paroles d'Antoine dans la langue de Shakespeare. Les soldats Britanniques se mettent à sourire et à se serrer la main. Lauren les regarda et dit.

— Je suis Lauren, je suis aux services du Roi George VI. Avec les deux autres membres de mon groupe, nous avons été abattus par la DCA Allemande.

— Ah zut donc vous ne pouvez pas nous reconduire en Angleterre. Dis un jeune caporal.

— Malheureusement non pas pour le

moment on doit informer Londres de votre présence et ensuite préparé votre évacuation.

Un homme arrive d'une pièce voisine. Lauren ressent sa présence et du coin de l'œil droit et ceux en tournant la tête légèrement sur le côté. Un homme dit.

— Excusez-moi vous dite vous nommé comment ?

Lauren se tourne vers l'homme est commencé à dire.

— Lau…

La jeune femme aperçoit un visage. Mais cela ne peut être possible. Cette personne ne peut se trouver dans cette cachette de la résistance. Lauren s'évanouit littéralement. Après quelques instants, Lauren revient à elle. Cédric inquiet demande.

— Lauren vous allez bien ?

— Mais oui, elle va bien. Rassurez-vous, elle fait souvent cela pour se rendre intéressante. En tous les cas, elle nous la fait avant que je parte de la maison. Dis l'homme.

— Qui êtes-vous s'il vous plaît ? Demande Cédric.

— Lauren, tu ne me présentes pas à tes amis ? Je me nomme Isaac. Je suis le grand frère de la petite Princesse aux bois dormants.

—Isaac! C'est bien toi ?

— Non c'est le Rabbin Rossemgblum !

— Mais tu avais disparu à Dunkerque ! Et Papa et Maman chérie te pensaient mort.

— Et bien, c'est sympa. Moi qui fais tout pour rester en vie pour rentrer en Angleterre. Comment vont les parents Lauren ?

— Désolé maman et papa sont morts durant le bombardement du nord de Londres. Dis Lauren d'une voix triste.

— Les Allemands vont le payer. Dis Isaac.

Lucile, Cédric et Antoine regardent Lauren et Isaac. Cédric dit.

— C'est formidable vos retrouvailles, mais il y a aussi des enfants ici que l'on cache parce qu'ils sont juifs et si les Allemands les attrapent ils finiront par être mis dans des trains qui partent vers l'est. Et selon ce que les informations que l'on nous a transmises ce ne sont pas des gâteaux qui les attendent, mais la mort !

— Tu as raison Cédric. Nous devons tous les faire quitter la France au plus vite. Dis Lucile.

Isaac se penche vers Lauren et lui dit à voix basse.

— Ce dénommé Cédric c'est ton petit ami?

Lauren rougit et lui répond.

— Non c'est l'homme qui se fait passer pour mon mari et il m'a sauvé la vie lors d'un contrôle de gendarme dans un café à quelques kilomètres d'ici.

Issac regard Cédric et lui dit.

— Attention c'est ma petite-sœur. La seule et unique famille qu'il me reste. Si vous lui faites du mal, je vous tue.

—Isaac!!

— Je vous rassure je ne ferais jamais de mal à Lauren. Croyez-moi. Réponds Cédric.

Isaac fait un petit sourire. Puis il regard sa jeune sœur et lui dit.

— Je plaisante Lauren.

— Comment tu as fait pour quitter Dunkerque?

— C'est grâce à Simon. Ses parents sont mort et quand notre groupe chercher une cachette il nous a fourni des vêtements de son défunt père. Puis avec lui nous avons fait route en essayant d'évité les grande ville de France pour éviter les patrouilles Allemandes. Et nous sommes arrivés ici.

Antoine les fixes et dit.

— Vous savez que tout le monde ne parle pas l'Anglais ?

— Pardonnez-nous Antoine. Mais vous comprendrez que je viens tous juste de retrouver mon frère que je croyais mort lors de la bataille de Dunkerque.

— Ah d'accord et bien enfin une chose de bien dans cette terrible guerre. Dis Antoine.

— Comment cela Antoine ? Demande Lauren.

— Je sais que cela peut être mal interpréter mais je veux dire que c'est une belle chose qu'une sœur retrouve son frère qu'elle pensait mort. Alors qu'il était en vie et que par le destin qu'elle se retrouve parachuter à quelques kilomètres du lieu où son frère est cacher. Explique Antoine.

— Désolé je n'avais pas compris ce que vous vouliez dire.

Cédric observe les lieux et dit.

— Dit-moi Antoine… Combien y a-t-il de personne rassembler dans cette planque ?

— Il y a six soldats Britanniques, deux soldats Belges et quinze enfants.

— Les soldats Britanniques et Belges je penses pouvoir organiser une évacuation vers la Grande Bretagne. Mais pour les enfants cela risque d'être plus dur. Dis Lauren.

— Lauren il est hors de question de laisser derrière nous les enfants. Sache que sans leurs aides nous serions plus en vie. Ils se sont former en petits groupes. Et son parti en éclaireur pour collecter les informations sur les routes les plus sécurisé pour nous. Dis Isaac.

— Je dois en informer le Second Lieutenant pour savoir comment nous pouvons faire. Cela ne dépend pas de moi ni de lui. C'est Londres qui prendra la décision. Je ne peux rien te garantir Isaac.

— Si les enfants restent. Nous resterons également. Deux d'entre eux sont mort pour que nous sommes en vie.

— Cédric il faudrait que nous rentrions rapidement chez Martine pour que nous sachions ce que nous pouvons faire. Mais tu dis que les enfants on collectaient des informations ?

— Oui c'est ce que je te dis. Tu sais que les Allemands ne se méfis pas des jeunes enfants ? Ils ont noté les noms des troupes Allemandes que nous avons croiser jusqu'ici.

— Et tu penses qu'ils pourraient le faire dans le secteur ?

— Surement !

Cédric et Lauren regardent les enfants réunis dans la pièce d'où venait le grand frère de Lauren. Lauren regarda Cédric et lui dit.

— Pensez-vous que les enfants pourraient nous aider à collecter les informations dont Londres aurait besoin ? Comme le dit Isaac, les gens ne se méfieront jamais de jeunes enfants.

— Cela serait peut-être trop risqué pour eux.

Un des enfants entendit la conversation et lui rétorque.

— Au moins nous les enfants nous pouvons approcher les boches sans qui s'inquiète. Et l'on est plus intelligent que les adultes.

— Peut-être, mais si vous êtes arrêté vous serez torturé. Et cela je ne le veux pas. C'est trop dur pour moi de l'assumer. Réponds Cédric.

— Et si c'est notre propre choix ! Vous n'êtes pas mon père donc vous ne pouvez pas me donner d'ordre !

— C'est vrai je ne suis pas votre père. Mais c'est beaucoup trop dangereux pour un enfant de faire partie de la résistance.

— Bla… Bla… Bla… Vous avez encore d'autres bêtises à dire ? Sachez que nous avons réussi à survivre jusque-là. Alors, croyez-moi, je sais que mes amis et moi sommes plus futés que vous.

— On peut demander conseil à Londres. Et l'on verra ce qu'ils nous diront. Dis Lauren.

— D'accord.

Le jeune garçon fait un large sourire en fixant Lauren. La jeune femme lui répond par un sourire et lui demande.

— Comment te nommes-tu ?

— Simon ! C'est moi qui ai trouvé les soldats anglais et belges qui étaient perdus.

— Félicitation Simon ! Je me nomme Lauren, mais ici c'est Juliette mon prénom.

— Savez-vous qu'il n'y a aucune relation entre le prénom Lauren et le prénom Juliette ? En tous les cas, moi je ne vois pas la relation.

— Juliette est le prénom que l'on m'a donné ici.

— Il vous va bien. Réponds Simon.

— On va devoir repartir pour transmettre à Londres. Mais nous reviendrons vite. Dis Lauren.

— Vous savez que vous êtes très jolie Juliette. Dis Simon.

— Merci beaucoup, cela fait plaisir de l'entendre. Réponds Lauren en rougissant.

Lucile, Lauren, Cédric et Antoine repartent vers la sortie du tunnel qui conduit à la planque de la résistance. Ils sortent du tunnel. Antoine reprend la fourche et replace les ballots de paille au-dessus de la trappe. Puis le petit groupe se dirige hors de la grange. Lucile, la femme du Commandant de la gendarmerie dit.

— Comment va-t-on faire pour évacuer autant de personnes ? Cela va être très difficile et risqué.

— Ici, ils sont en sécurité. En tous les cas

pour le moment. Parce que j'ai vu des camions Allemands se rendre chez notre voisin. Je me demande si ce n'est pas un collaborateur. Dis inquiet Antoine.

— Il faut faire attention. Lauren vous tenez Londres informé sur votre idée. Bien que je ne sois pas trop pour l'utilisation des enfants. Sinon il serait bien d'adjoindre un adulte avec un ou deux enfants. Explique Cédric.

— Je vais demander l'avis de Londres. Mais avant je dois en parler avec le Second Lieutenant pour avoir son avis sur mon idée.

— On doit partir. Antoine encore merci de ton accueil. Dis Cédric en serrant la main d'Antoine.

— Mais de rien c'est normal Cédric. Réponds Antoine.

— Antoine, tu embrasseras Nadine et les enfants pour moi. Et dis-leur que Tata Lucile les aime très fort.

— C'est promis.

Antoine embrasse sur les joues Lucile pour lui dire au revoir.

— Antoine, je suis ravi d'avoir pu faire votre connaissance. Et j'espère vous revoir très bientôt. Lauren souhaite lui serrer la main.

— En France, Juliette pour se dire bonjour ou se dire au revoir une femme et un homme s'embrasse sur les joues. Il ne se serre pas la main. Explique Antoine.

Et sur ses paroles, il soulève du sol Lauren et lui embrasse les joues. Lucile et Cédric se mettent à rire aux éclats. Voyant Lauren ne plus toucher le sol comme un peu plus tôt c'était le cas de Lucile. Après avoir embrassé Lauren, Antoine la repose sur le sol.

— À très bientôt, j'espère.

Le trio prit place dans la voiture et reprit la route en direction de Meung-sur-Loire. Lauren était pressée d'expliquer au Second Lieutenant Billing ce qui s'était passé et son idée. Lauren était comme sur un petit nuage d'avoir retrouvé son grand frère qu'elle croyait mort.

Soldats Britanniques dans les camp de Brook (Kent) Angleterre zone entraînement.

6. UN PROBLÈME.

Le petit groupe arrive à Meung-sur-Loire. Lauren se dépêche de descendre de la voiture pour entrer dans la maison de Martine. Elle alla tellement vite que la jeune femme laisse échapper de son pied droit sa chaussure. Lorsque Martine et le Second Lieutenant Billing virent la jeune femme se précipiter dans la maison aussi rapidement qu'il crut que les soldats Allemands étaient à sa poursuite. Martine dit.

— Que se passe-t-il ? Les Allemands sont à votre poursuite ?

— Non, mais il faut transmettre un message urgent à Londres. Et j'ai revu mon grand frère Isaac dans la planque d'Epieds-en-Beauce.

— Mais votre frère était mort vous m'avez dit. Dis Martine.

— C'est ce que je pensais par ce qu'il n'y avait plus de nouvel de lui depuis la bataille de Dunkerque. Pourtant il était bien là.

Cédric et Lucile rentrent à leurs tours dans la maison de Martine. Cédric avait pris le temps de ramassé l'escarpin de Lauren. Ils rentrent dans le petit salon où se trouver Lauren, le Second Lieutenant Billing et l'opérateur radio Laurent.

— Et bien, elle est survoltée ! Dis Lucile.

— Oui, cela est sûrement dû à ce qu'elle a retrouvé son grand frère. Dis Cédric.

— Donc c'est bien vrai ? Son grand frère est en vie et se trouve dans notre cachette d'Epieds-en-Beauce ? Demande Martine.

— Oui, c'est tout à fait vrai. C'est le soldat anglais qui effectue les traductions pour nous. Explique Cédric.

— Je suis heureuse pour elle. Dis Martine.

Lauren écrit un texte sur un papier et le donne au Second Lieutenant Billing. Ce dernier, le prend et le lit et regarde la jeune femme. Puis il lui dit.

— Vous voulez vraiment transmettre ce message?

— Oui mon Lieutenant !

— Vous voulez transmettre ce message ?

— Qu'est-ce que vous ne comprenez pas dans la phrase oui mon Lieutenant ?

— Vous voulez que l'on dise à Londres que nous avons six soldats britanniques, deux soldats belges et quinze enfants sans compter les personnes cacher dans la maison ou nous nous trouvons à prévoir pour une évacuation en même temps que notre propre évacuation après la collecte d'information effectuée par les enfants de la cachette d'Epieds-en-Beauce qui eux-mêmes feront équipe avec des personnes du réseau de la résistance du secteur ?

— C'est tout à fait cela mon Lieutenant !

— Mais vous êtes folle ! Ils n'accepteront jamais!

— Puis-je vous poser une question mon Lieutenant ? Dis Lauren.

— Si je vous dis non cela vous arrêtera de vouloir me poser votre question ?

— Certainement pas !

— Alors, poser votre question Lauren.

— Est-ce que vous vous méfiez des enfants qui se baladent dans la rue ?

— Bien sûr que non !

— Eh bien, pensez-vous que les Allemands se méfient de jeune et frêle enfant qui passe à côté d'eux ?

— Je ne pense pas. Les enfants ne sont pas des combattants donc je ne vois pas pourquoi se méfier d'eux.

— Donc vous avez compris mon idée.

— Je pense que oui Lauren, je comprends votre idée. Mais qu'en pensent les Français et les enfants seront-ils d'accord ?

— Lieutenant, sachez que nous les Français somment d'accord. Et en ce qui concerne les enfants a vrai dire c'est eux qui souhaitent nous, vous aidez. Dis Lucile.

— Je vois en fait vous avez décidé avant même de m'en informer.

— Bien sûr que non, je viens de vous informer.

— Je suis d'accord si Londres donne son accord. Laurent, il vous reste plus qu'à transmettre cette demande.

— À vos ordres mon Lieutenant !

Laurent pris le texte du message et le transmet au plus vite à Londres. Après avoir fini de transmettre le message en expliquant l'idée de Lauren, Laurent se tourne vers le Second Lieutenant et dit.

— Maintenant, il faut attendre la décision de Londres. Elle n'arrivera pas avant demain, je pense.

Le petit groupe se met à attendre des nouvelles de Londres. La nuit se passe et pas de nouvelles du War Office de Londres. Dans la matinée, Lucile, la femme du Commandant de la gendarmerie arrive à la maison de Martine. Elle entre dans la maison et demande à Lauren.

— Lauren avez-vous vu Martine ?

— Elle est dans le petit salon avec le Second Lieutenant Billing.

— Merci beaucoup Lauren.

— Quelque chose ne va pas Lucile ?

— Ce sont les Allemands, ils ont arrêté un membre du réseau. Il se trouve à la FeldKommandantur.

— C'est embêtant. Vous pensez qu'il risque de parler des membres du réseau ? Demande Lauren.

— Je ne sais pas. Mais mon mari dit que les Allemands ont convoqué le Préfet Jacques Moranne et les commandants des brigades de gendarmerie. Donc je suis venu prévenir Martine dès qu'il me la dit.

Lucile rentre dans le petit salon. Martine et le Second Lieutenant Billing étaient tous deux assis et boivent un genre de thé. Ceux qui ont connu cette terrible période de la guerre seront que l'on ne pouvait pas nommer cela du thé.

C'était plus que mauvais en goût, mais c'est tout ce que l'on pouvait se procurer à l'époque. Martine regarda Lucile et comprit qu'il y avait un problème. Martine se leva et dit.

— Que se passe-t-il Lucile ?

— Loïc a été arrêté la nuit dernière à Orléans par une patrouille de l'armée Allemande. Et il l'on conduit à la FeldKommandantur, rue de la république.

— Ce n'est pas très bon tout cela.

— Ce n'est pas tout ! Le Préfet et les Commandants de gendarmerie ont été convoqués par les Allemands.

— C'est encore moins bon. Mais il devait faire quoi à Orléans Loïc au juste ?

— Il devait se faire passer pour un plombier et mettre une bombe dans l'immeuble de l'état-major allemand, rue de la Bretonnerie. Explique Lucile.

— C'est un problème si cette personne parle ? Demande Billing.

— Si Loïc parle, malheureusement beaucoup de personnes seront arrêtées, torturées puis tuées par les Allemands.

— Que voulez-vous faire ? Le secourir où le tuer pour qu'il ne parle pas ? Demande le Second Lieutenant.

— Il faut le sortir des mains des Allemands. Lucile essaie de voir avec ton époux si les Allemands ont fait parler Loïc. Et les renseignements de la date de son transfert vers le lieu où les Allemands exécutent les Français.

— D'accord !

Peu de temps après la fin de la conversation entre Lucile, Martine et le Second Lieutenant Billing, Laurent rentre dans la pièce est dit.

— Je viens de recevoir la réponse de Londres.

Laurent donne au Second Lieutenant Billing une feuille ou il avait retranscrit le message du War Office. Le Second Lieutenant lit le document et dit.

— Londres demande que l'on fasse notre mission et que l'idée des enfants pour la collecte d'information soit une bonne idée. Ils disent qu'eux-mêmes ne se méfieraient pas de jeune enfant qui aère dans les rues. Ensuite pour l'extraction de tout le monde il faudra le faire en zone libre et cela ne pourra se faire qu'en plusieurs départs.

— Donc c'est une bonne nouvelle !

— Mais il faudrait une fois notre mission finie Martine que vous et les membres de votre groupe venez avec nous à Londres.

— Désolé, mais je ne peux pas. Je suis française et ma vie est dans mon pays.

— Mais si vous vous faites capturer ?

— C'est que cela doit se dérouler comme cela. Cela sera le destin comme on dit.

— Lauren organiser les groupes et chercher comment on peut effectuer notre mission.

— Oui mon Lieutenant !

Lauren se mit au travail. Lucile est repartie chez elle pour attendre son mari qui devait revenir de la FeldKommandantur d'Orléans. Cédric arriva et prit le temps de voir Lauren.

— Bonjour Lauren comment allez-vous ?

— Bonjour, je vais bien merci et vous-même?

— Je vais bien, mais vous savez il n'est pas obligé de me vouvoyez. Avez-vous des nouvelles de Londres ?

— Ils ont accepté. Il faudrait aller chercher des enfants et mon frère à la cachette d'Epieds-en-Beauce. Mon frère parle français comme moi et donc il pourra nous aider.

— Je vais y aller de suite.

Cédric entend la conversation entre Martine et le Second Lieutenant Billing. Il regarde Lauren et lui dit à voix basse.

— Que se passe-t-il ?

— Une personne de votre réseau s'est fait arrêter cette nuit à Orléans. Il voulait poser une bombe à l'état-major allemand qui se trouve rue je ne sais plus quoi.

— Rue de la Bretonnerie ?

— Oui, c'est cela !

— La poisse cela doit être Loïc. Quel imbécile celui-là ! Je lui ai dit que son plan était stupide et plus que risqué.

— Il cherche à savoir ce qu'ils peuvent faire pour le secourir.

— Il n'y aura pas grand-chose à faire malheureusement. Il sera jugé et condamné à mort par le tribunal allemand. Ensuite, un convoi le transportera pour son exécution. Bon, je vais chercher votre frère et deux ou trois enfants pour les conduire ici. Mais Loïc est plus que stupide.

Dépité par la nouvelle que Lauren lui a annoncé Cédric sort de la maison et fait route vers la ferme d'Antoine, le cousin de Lucile la femme du Commandant de la gendarmerie de Meung-sur-Loire.

Deux heures plus tard, Cédric est de retour à la maison de Martine accompagnée du grand frère de Lauren, Isaac et de trois enfants, dont Simon. Cédric demande à Martine de prendre un drap blanc et de le tendre. Lauren demande.

— C'est pourquoi faire le drap blanc ?

— C'est pour prendre des photos d'identité pour leur faire de faux documents d'identité. Je vais même faire une fausse carte de police pour votre grand frère. Comme cela les gendarmes du secteur auront peur de lui.

— Isaac sourit pour la photo. Dis Lauren.

— Non ! Certainement pas ! Il doit un peu paraître patibulaire et insociable, cela sera beaucoup plus réaliste. Explique Cédric.

— Oui, mais la seule et unique photo qu'il me reste de lui est en Angleterre à Ashford.

— D'accord, je vous ferai une photographie de votre grand frère avec le sourire. Dis Cédric.

Aux paroles de Cédric, Lauren se précipita vers lui et l'embrassa sur les joues. Isaac regarde la scène et dit.

— Mais voyons ! Vous le français, je vous ai dit que je vous ai à l'œil avec ma petite sœur.

— Isaac s'il te plaît soit gentil avec lui il m'a sauvé la vie.

— Ce n'est pas une raison ! Si papa et maman étaient là. Qu'est-ce qu'ils diraient ?

Lauren retira les bras qu'elle avait placés autour du cou de Cédric et baissa la tête puis elle dit.

— Tu as raison, Isaac. Ils diraient que ce n'est pas très élégant pour une jeune femme de faire cela. Pardonne-moi Cédric.

— Ce n'est rien. Cela fait plaisir d'être remercié de temps-en-temps. Bon, il faut prendre les photos maintenant.

Cédric prend les photographies d'Isaac, de Simon, de Lucien et d'Adrien. Puis il ouvre sa mallette et sortie des documents. Il confie le film de l'appareil de photographie à Martine pour qu'elle procède au développement des photos. Vingt-cinq minutes plus tard, les photographies étaient prêtes et Cédric confectionna les faux documents d'identités. C'était impressionnant de le voir le faire. Cédric était très concentré pour la production de ses faux papiers.

— Voilà vos nouveaux documents d'identité. Vous devez les apprendre par cœur. Et bien retenir vos nouveaux noms et prénoms. Votre vie en dépend ! Explique Cédric.

— Donc je me nomme maintenant Grégorie Lafont ! Dis Isaac.

— C'est bien cela ! Dis Cédric.

— D'accord, je pense que je m'en souviendrais assez facilement.

Lucile revient chez Martine et dit.

— Loïc n'a pas parlé. Il a dit qu'il voulait se venger de la mort de sa femme au moment du grand exode lors de l'arrivée des Allemands. Le tribunal militaire allemand l'a condamné à mort cela se fera demain matin à la ferme d'Ormes. Mais les Allemands exécuteront trente autres personnes en représailles de la tentative d'attentat de Loïc. Et c'est au Préfet de désigner les trente personnes qui seront exécutées avec Loïc demain matin. Les Commandants de gendarmerie doivent envoyer les gendarmes arrêter les personnes cette après-midi.

— Mais c'est horrible ! S'exclame Lauren.

— C'est la méthode Allemande. Dis Cédric.

Martine regarde le Second Lieutenant Billing et lui dit.

— Lieutenant accepteriez-vous, de m'aider à mettre en place un plan pour la libération de ses malheureux ?

— Et comment procède-t-on ? On n'est pas nombreux pour information. Dis le Second Lieutenant Billing.

— Avec d'autres membres du réseau. Loïc est important pour nous. Il a accès aux explosifs. Donc vous comprenez que l'on ne peut pas le laisser sans rien faire.

— Il faut avant tout repérer les lieux. Pour ensuite mettre au point un plan qui tient la route.

Deux des enfants s'avança, et l'un d'eux, dont le véritable nom était Salomon connu sous le prénom de Lucien dit.

— On va venir avec vous, cela ressemblera à une petite sortie en famille.

— C'est trop risqué, jeune homme. Dis Billing.

— Monsieur, j'ai une question. Est-ce que mes paroles vous ont semblé comme une interrogation ? Je ne pense pas. C'était une affirmation. On ne vous donne pas le choix. C'était juste pour vous informer, point final.

C'est la première fois que je vois une personne tenir tête au Lieutenant Billing. Ses enfants ont du courage et semblent plus que déterminés. Cela surprend d'ailleurs le Second Lieutenant Billing qui ne trouve pas de mot pour répondre à l'enfant. Puis, passer un petit temps le deuxième enfant, Adrien poursuit la conversation.

— En plus nous, on connaît plus que vous le secteur. Et surtout, nous sommes plus intelligents que vous. Nous les Allemands nous ignorent. Alors que les adultes sont toujours suspects !

— Eh ! Je suis officier du Roi George VI. Vous croyez que je suis devenu officier en claquant des doigts ?

— Non, cela devait-être en buvant le thé.

— Non, mais oh ! Cela suffit !

— En plus, vous êtes vieux ! Dis Lucien.

— Quoi j'ai que trente-quatre ans !

— Il est stupide ou quoi c'est bien ce que l'on dit il est vieux ! Dis Adrien.

— Bon, et bien moi je ne vous parle plus ! Dis Billing.

— Zut vous avez fâcher l'ancien. Les gars dits lui que vous êtes désolé. Sinon il va bouder. Dis Simon.

— Non je ne boude pas !

— Bon d'accord… Pardonnez-nous l'ancien.

Dans la pièce tout le monde avez un petit sourire. Enfin presque tout le monde, le Second Lieutenant Billing, lui n'étaient pas très satisfaits de devoir collaborer avec les deux jeunes garçons qui venaient de le faire tourner en bourrique.

L'après-midi même Martine, Lucien, Adrien et le Second Lieutenant Billing partent avec la voiture conduit par Cédric en direction de la ville d'Orléans.

Cédric dépose le petit groupe non loin de la rue de la république. Martine, Lucien, Adrien et le Second Lieutenant Billing se dirigent en direction de la FeldKommandantur. Une patrouille allemande passe à côté d'eux. Le Second Lieutenant à leur passage est fébrile. Il regarde Martine et lui dit.

— Il faut que l'on surveille le lieu où ils ont mis votre camarade.

— Il doit être rue de la Bretonnerie. Suivez-moi.

Le petit groupe se déplace dans les rue de la ville. À chaque fois que le groupe croise des soldats Allemands il essaie de reconnaître grâce à leur type d'uniforme et de leurs insignes leurs appartenance à des unités de la Wehrmacht.

Le Second Lieutenant Billing remarque qu'il y a également des troupe de Panzer et des troupe des Schutzstaffel. Le Second Lieutenant savait que les troupes de la Schutzstaffel était le groupe qui était charger des massacre en Pologne. Durant la nuit précédente il avait parlé par l'intermédiaire de Lauren avec le petit groupe de

Polonais qui était dans la cave de Martine. Et que tous ses membres étaient des meurtriers. Le Second Lieutenant se demande ce que ses troupes meurtriers fait dans la ville d'Orléans. En les observant, il comprit que ses troupes étaient au repos. Un repos avant de retourner dans les territoires qu'Adolf Hitler voulait pour son espace vitale.

Durant l'après-midi, le petit groupe à pu dénombrer plus de quinze division de soldat Allemand différente stationné à Orléans. Il faut dire que la ville de Paris est à environs cent trente kilomètres de cette ville. Et que cette ville est également très proche de la limite de la zone dite libre. La France durant la seconde guerre mondiale a été diviser en deux parties. La zone occupé avec Paris et recouvrant une grande partie du nord et la côte ouest du pays et la zone libre qui recouvre le centre et sud de la France.

Le petit groupe se place devant un grand bâtiment rue de la Bretonnerie. Et le Second Lieutenant Billing prend des notes dans un petit carnet. Il note avec soin le nombre de personnes qui rentrent et qui sortent du bâtiment, les horaires et les points de garde des sentinelles allemandes. Les enfants et Martine, eux s'occupent de surveiller que personne ne s'approche.

Au bout de deux heures de leurs présences en ce lieu, et ceux de façon statique. Un homme de costume sombre les remarques et se met à les surveiller pendant une dizaine de minutes tout en fumant une cigarette. L'homme rentre dans un bâtiment jouxtant le bâtiment de l'état-major allemand.

C'était le siège du Parti Populaire Français, qui est le mouvement collaborationniste. D'un coup des hommes sortent de cette bâtisse et d'un autre immeuble un peu plus loin. Le petit groupe était pris en tenaille. Aucune possibilité de s'échapper.

Les hommes du PPF attrape en première Martine. Le Second Lieutenant Billing voyant que Martine était prise se précipite pour essayer de la faire libérer. Mais quatre autres hommes se jettent sur lui. Les hommes munis de matraques donnent des coups sur le Lieutenant. Ensuite, deux groupes du PPF pourchassent les enfants dans les rues d'Orléans. Lucien l'aîné des deux enfants se cache dans une petite ruelle derrière un véhicule en stationnement. Voyant que trois hommes arrivent vers lui, il s'allonge et rampe sous le véhicule. Mais malheureusement pour lui, une femme d'un certain âge, indique aux hommes du PPF où l'enfant se cache.

Adrien, lui, malgré les efforts des hommes du Parti Populaire Français , réussit à leur échapper. Il se réfugie dans une cour d'immeuble. Le gardien de cet immeuble voyant le jeune en sueur. Lui ouvre la porte de sa loge et le fait rentré dans une petite pièce.

— Entre vite dans l'armoire, ne bouge pas et surtout ne dis aucun mot.

— Merci monsieur.

— Ne parle pas !

L'homme referma la porte de l'armoire. Et parti avec son balai pour balayer devant l'immeuble. Il voit arriver les quatre hommes du PPF en courant. Les hommes exténués regardent le concierge de l'immeuble et l'un d'entre eux lui dit.

— Et toi ! Tu n'aurais pas vu un jeune garçon courir passer par ici ?

— Non pourquoi !

— Tu es certain abruti ?

— Bien sûr que oui je suis certain. Je l'aurais vue je nettoie le trottoir de l'immeuble depuis plus de quinze minutes.

— Crétin !

Les quatre hommes du PPF repartent en direction de la rue de la Bretonnerie.

Pendant ce temps-là, Martine, Lucien et le Second Lieutenant Billing furent conduits dans les locaux du Parti Populaire Français . Le visage du Second Lieutenant était en sang. Martine elle se tenait le ventre suite à de coup de pied que les hommes du PPF lui avaient donné. Lucien botté suite aux coups de matraque qu'un membre du PPF lui avait assainis. Tous les trois étaient assis sur des chaises dans une petite pièce de la bâtisse. Un des hommes du PPF vient et leur dit.

— Qui êtes-vous ?

— Va en enfer ! Réponds Lucien.

— Crois-moi jeune homme l'enfer sera pour toi dans quelques minutes.

— Ne touchez pas à l'enfant ! Dis Martine.

— Toi ne t'inquiète pas ton tour viendra. Et je sens que l'on va bien s'amuser.

En prononçant ses paroles, l'homme touche le visage de Martine. Cette dernière crache sur l'homme. L'homme la regarde puis il lui donne une grande gifle. Le Second Lieutenant Billing voyant cela, gigote et dis.

— Vous n'avez pas honte de frapper une femme?

L'homme s'approche du Second Lieutenant et lui donne deux coups de poing au visage. Puis il dit au Lieutenant.

— Personnellement, cela ne me dérange pas de frapper une femme. Surtout si je pense que c'est une sale pute juive.

Peu de temps après deux hommes, rentre dans la pièce. Martine reconnut l'homme qui fumez sa cigarette en les observant. Les deux hommes s'approchent de Lucien. Et le plus grand lui dit.

— Aller c'est toi qui auras l'honneur de commencer !

À ses mots, les deux hommes soulèvent Lucien de sa chaise et l'emmènent avec eux. Lucien ne touche plus le sol. Mais ce dernier se tortiller dans tous les sens essayant de se libérer des bras des deux hommes du Parti Populaire Français . Les deux hommes se dirigent vers un escalier. Ils gravitent les marches de deux étages. Ils rentrent dans une pièce. Et là, deux autres hommes les attendaient. Dans la pièce, il y avait une baignoire. Lucien leur dit.

— Vous voulez que je prenne un bain ?

Un des hommes qui étaient déjà dans la pièce sourit et lui répond.

— Oui bien sûr, mais uniquement de ta tête. Et d'ailleurs, on va t'aider. Ensuite, tu nous diras ce que l'on veut savoir.

— Je ne suis qu'un enfant. Moi je ne sais rien. Soyez un peu intelligent cela vous changera. Oh pardonnez-moi c'est vrai pour effectuer votre travail ils recrutent que des imbéciles.

— Tu vas voir si nous sommes des imbéciles!

Sur ses mots, les deux hommes qui tenaient le jeune garçon à trente centimètres au-dessus du sol, jeta Lucien violemment sur le sol. Puis un autre homme s'approcha et donna deux grands coups de pied dans l'estomac du jeune homme. Le jeune garçon fait une grimace tellement que la douleur était forte.

— Emmenez-le !

Les deux hommes qui avaient conduit Lucien dans cette pièce de torture rattrapent le jeune garçon et le placèrent sur une chaise face à la baignoire. La baignoire était remplie d'eau. Cette eau était légèrement teintée de rouge. Lucien les regarda et dit.

— L'eau n'est pas très transparente !

— C'est le sang de la personne qui est passé ici juste avant toi ! Nous allons commencer.

Lucien devine que, cela comporter un risque d'être plus que douloureux. Mais il doit tenir le coup. Lucien se dit que les hommes du Parti Populaire Français n'avaient pas réussi à capturer son ami Adrien. Le jeune homme espère que son ami réussit à rentrer à Meung-sur-Loire et à prévenir les autres membres de la maison. Lucien ne sait pas combien de temps il pourra tenir. Mais il fera tous pour tenir le plus longtemps que possible.

L'homme s'approcha de Lucien et effectua les cent pas derrière ce dernier. Puis d'un coup, il met sa main droite derrière la tête du jeune garçon et le fait plonger dans l'eau de la baignoire. Il immobilise la tête du jeune homme immergé dans l'eau durant une minute. Puis il fait ressortir la tête de Lucien de l'eau.

— Comment t'appelles-tu ?

— Pomme !

L'homme replonge la tête du jeune garçon dans l'eau pendant une minute et il dit.

— Comment t'appelles-tu ?

— Orange !

L'homme replonge de nouveau la tête du jeune garçon dans l'eau pendant une minute et il redit.

— Tu sais j'adore mon travail. Donc je peux faire cela toute la journée et même la nuit. À ta place, je répondrais à la question. Donc je recommence. Comment t'appelles-tu ?

— Va mourir crétin !

L'homme soupire et replonge de nouveau la tête du jeune Lucien dans l'eau cette fois-ci pendant une minute trente et il dit.

— Crois-moi, si tu veux, mais tu vas parler. Ils le font tous ! Quel est ton nom ?

— Personne !

L'homme replonge de nouveau la tête du jeune homme dans l'eau et pendant que la tête de Lucien est dans l'eau il dit à un de ses collègues.

— Va me chercher le fer de marquage des animaux dans la cheminée.

Après une minute et trente que la tête de Lucien est dans l'eau. L'homme lui relève la tête et lui redemande.

— Comment t'appelles-tu ?

— Je n'ai pas de nom !

L'homme fit un large sourire. Il prit le fer de marquage des animaux des mains de son collègue et il plaça le fer rougeoyant dans le bas du dos du jeune garçon. À ce moment-là, la douleur s'empare du jeune homme qui se mit à hurler de douleur. Il y avait une odeur horrible qui émanez de la pièce. Le jeune Lucien était en larme due à la douleur qu'il venait de subir. L'homme qui pose les questions agrippe la chevelure de Lucien en tirant sa tête en arrière. Puis il lui murmure à l'oreille.

— Parle ! Parce que cela continuera le temps qu'il faut pour que je sache ce que je veux savoir. Et crois-moi, je te l'ai dit j'adore mon travail.

— Plutôt mourir que vous parlez ! Dis Lucien en gémissant de douleur.

— Comme tu le veux !

L'homme une nouvelle fois, imposa le fer à marquage des animaux de l'autre côté du dos du jeune garçon. De nouveau, le jeune Lucien hurle de douleur.

Soldats et officier allemands avec leur side-car.

7. DANS LA DOULEUR.

Cela fait plusieurs heures que le jeune Lucien subit l'interrogatoire de la part des membres du Parti Populaire Français. Dès lors que le jeune homme s'évanouit, les membres du PPF le réveil en lui jetant de l'eau glacée sur son dos marqué au fer rouge.

Un homme du parti de la collaboration avec les Allemands descend et il dit à Martine.

— Vous êtes la suivante. On à bientôt fini avec l'enfant !

— Vous êtes des monstres… Vous en prendre à un enfant.

Sur ses paroles, la jeune femme cracha au visage de l'homme collaborateur avec l'envahisseur allemand. L'homme fixa Martine, puis il essuya le crachat sur son visage. Il s'avança vers la jeune et frêle femme puis il lui mit un premier coup de poing au visage, puis il mit un second coup de poing dans le ventre. L'homme lui dit avec un sourire.

Je suis certain que je vais bien m'amuser avec toi. En plus, tu n'es pas laide comme espionne. Crois-moi lorsque j'aurai fini avec toi… Tu parleras… Je dirais même, tu chanteras… Pour toi, je fournirais un effort et je suis certain que tu aimeras de m'avoir en toi.

L'homme se met à rire aux éclats. Puis il sort de la pièce et interpelle deux de ses collègues et il leur dit.

— Emmenez-la dans le bureau 210 ! Je vais m'occuper d'elle personnellement et je suis certain que je vais très bien m'amuser. Je trouve qu'elle est trop habillée. Lorsqu'elle sera dans le bureau, veuillez la mettre à l'aise et retirez-lui ses vêtements.

— À vos ordres ! répond un des deux hommes.

Martine regarde l'homme d'un regard de mépris et de dégoût. Les deux hommes agrippent la jeune femme et il lui fit monter les marches deux par deux. Ils arrivent sur le palier du second étage du bâtiment. L'un des deux hommes ouvre la porte qui se trouve à droite des escaliers. La porte donnée sur un long couloir de plusieurs bureaux. L'un des deux hommes du Parti Populaire Français poussa Martine pour qu'elle avance dans le couloir. Ils passent devant des portes fermées. D'un coup, Martine aperçoit une porte ouverte. Et elle voit le jeune garçon qui les avait accompagnés. Il était au sol. Il semblait inerte. Mais un homme dans la pièce lui donna un grand coup de pied dans l'estomac. Elle entendit le jeune Lucien gémir de douleur par la violence du coup. Elle remarqua son dos qui avait été marqué par de nombreuses reprises par le fer chaud. Mais le pire c'était l'odeur. L'odeur de la chair humaine brûlée. C'est une odeur que les personnes qui ont connu cette triste période et qui ont connu les séances d'interrogatoire ne peuvent oublier.

Les deux collaborateurs s'arrêtèrent devant la porte où était le jeune Lucien et tous deux se mettent à rire. Puis l'un d'eux dit à Martine.

— Voilà ce qui vous attend ! C'est très amusant. Et c'est la partie de notre travail que l'on préfère. Croyez-moi.

— Normale pour des lâches et des traîtres comme vous. Vous aimez frapper des femmes et des enfants. Cela vous donne l'impression d'être de vrai homme. Mais un jour viendra où les hommes comme vous le paieront.

Sur ses mots un des deux hommes mit un coup de poing au visage de la jeune femme. Il frappa tellement fort que Martine tombe sur le sol. L'homme lui dit.

— Et c'est qu'un début. Croyez-moi.

Un des hommes agrippa les cheveux de Martine et la traîne sur le sol. Martine hurla de douleur. Quand il fut arrivé devant la porte du bureau 210, l'homme lâcha les cheveux de la jeune femme. Mais dans sa main il y avait une touffe des cheveux de cette dernière. Le deuxième homme ouvrit la porte du bureau, il agrippa Martine et la releva. Puis il pousse la jeune femme violemment à l'intérieur de la pièce.

La pièce ressemble à la plupart des pièces d'interrogatoire. Il y avait une chaise, une baignoire, une cheminée et un bureau. Conformément aux instructions qu'ils avaient reçues du premier homme. Un des hommes mit la main en haut du col de la robe de la jeune femme. Puis d'un geste violent, il tira sa main vers le bas. Ce geste fit que les coutures de la robe de Martine craquent et la fit apparaître la nuisette que la jeune femme porte en dessous de ce qui fut une belle robe d'un imprimé de fleur de bleuet.

Martine était triste parce qu'elle se souvenait que c'était son défunt mari qui lui avait offert cette robe juste quinze jours avant l'arrivée des Allemands dans le département du Loiret. L'homme, qui semble être le chef des deux autres fait son entrée dans le bureau. Il s'approche de la jeune femme et lui dit.

— Je vois que vous vous êtes mis à votre aise. J'en suis ravi.

— Vous n'êtes que de sales porcs.

— Voyons, sale juive… Nous ne sommes pas des porcs. Et je sens que tu vas apprécier ce que je te réserve.

— Vous n'être que des traites ! À votre place j'aurais honte !

— Les amis… Question… Vous avez honte de notre travail pour le Maréchal ?

— Bien sûr que non ! C'est une fierté d'effectuer notre travail pour le Maréchal ! répond un des deux hommes.

— Sale vermine !

— Je vous en prie soyez poli !

— Bande de lâches !

— Laissez-moi me présenter…

— Je me moque de votre nom sale traître !

— Je suis Aristide LEOPOLE !

— Un jour vous le paierez…

— Qui nous fera payer ? Vous ?

— Non DE GAULLE et les Anglais.

— L'Allemagne va conquérir l'Angleterre et les Anglais se soumettront à l'Allemagne donc les Anglais ne nous feront rien.

— C'est ce que nous verrons !

L'homme commence à tourner autour de la jeune femme. Frappant dans sa main avec une cravache. Tous en tournant autour de Martine, il la regarde avec insistance. Et il lui dit.

— Dommage que tu sois une grosse salope juive. J'avoue que tu es très mignonne dans ta petite tenue.

À ses mots il plaça la lanière de cuir de la cravache entre le fessier de Martine et commença a relevé la nuisette de la jeune femme. La jeune femme fait un pas sur le côté.

— Voyons petite juive… On pourrait s'amuser tous les deux. Je peux être très doux, tu sais.

— Vous n'être qu'un gros porc dégoûtant !

L'homme sur les paroles de la jeune femme lui met un coup de cravache au niveau de l'articulation des genoux. Ce coup fait plier les genoux à Martine.

— L'enfant refuse de nous dire qui vous êtes et pourquoi vous êtes ici. Mais je me doute bien que vous êtes des espions à la solde du complot judéomaçonnique.

— Nous visitions la ville.

— Voyez-vous cela ? Vous visitez la ville d'Orléans auprès de nos bureaux. C'est amusant cela !

— Oui je vous le jure !

— Et lorsque vous visitez, vous notez sur un carnet les lieux où les Allemands sont en place. Vous êtes étrange quand même.

— Nous n'avons rien fait de mal.

— Nous non plus on ne fait pas de mal aux gens. Et je vais même allais plus loin en disant qu'aux femmes ont leurs faits que du bien. Dis l'homme avec un large sourire.

— Et bien pas avec moi !

— Dites-moi qui vous êtes ! Et qui est l'homme qui est avec vous ?

— C'est un Allemand.

— Vous nous prenez pour des idiots ?

— Bien sûr que oui !

L'homme donna un coup de poing à la jeune et délicate Martine. Il fait un large sourire et il dit.

— Cela fait du bien. J'aime particulièrement frapper les gens. Cela me détend. Malgré qu'il y ait tellement de façon de se détendre avec une femme.

— Allez au diable ! Sale traître !

— Voyons-on pourrait se faire du bien l'un envers l'autre.

Martine lui crache à nouveau au visage. L'homme énervé la bouscule. La jeune femme se trouve à terre et l'homme lui met des coups de pied dans le ventre. Après une vingtaine de coups de pied dans le ventre, l'homme prend le fer qui était installé dans les braises de la cheminée. Il s'avance vers Martine et lui dit.

— Vous allez être marqué comme ce que l'on fait aux animaux. Après tous vous être une grosse truie juive. Et tu as de la chance youpine que je ne t'ai pas encore mis une balle dans la tête.

À la suite de ses mots, l'homme enfonça à plusieurs reprises le fer à bestiaux sur le corps de Martine. Cette dernière hurla de douleur. Le fer avait été fait avec la forme de l'emblème du PPF. L'homme lui marqua le bas du dos au niveau de la colonne vertébrale. Il marqua la jeune femme sur sa poitrine et les jambes, mais il ne s'arrêta pas là les deux dernières marques il les voulait au niveau du postérieur de la jeune femme. À chaque fois, qu'il imposer le fer brûlant la pauvre Martine crier et le supplier d'arrêter.

L'homme part reposer le fer qui avait pris des lambeaux de chair de la jeune femme dans les braises rougeoyantes. L'homme revient vers Martine et lui dit.

— Vous allez parler ? Ou on recommence ?

— Non… Arrêtez je vous en prie je vais parler.

— Bien… c'est très bien. Dis l'homme en caressant la tête de la jeune femme.

— Mais promettez-moi de relâcher l'enfant. Il n'y est pour rien et il ne sait absolument rien.

— Je vous promets qu'une fois que vous nous aurez tout dit vous pourrez voir l'enfant.

— Vous me le promettez ?

— J'ai qu'une seule parole. Je vous promets que vous verrez l'enfant. Il viendra ici.

— D'accord… Je vous dis tous.

L'homme fait un signe aux deux autres membres du Parti Populaire Français de relever la jeune femme et de l'asseoir sur la chaise. Puis pendant ce temps il se dirige vers le bureau et s'assit sur ce dernier.

— Dite-moi votre identité ?

— Je me nomme Martine Delporte, j'habite à Meung-sur-Loire. J'aide un groupe d'Anglais parachuter il y a quelques jours a collecté des informations sur les positions des troupes allemandes présentes sur le secteur.

— L'homme qui est avec vous c'est un Anglais ?

— Oui, mais je ne connais pas son véritable nom.

— Les Anglais sont combien ?

— C'est un petit groupe… Ils ne sont que trois.

— Et les enfants quel étaient leurs rôles ?

— Les enfants servent de couverture. Ils ne connaissent rien du groupe ou du plan.

— C'est vrai ce mensonge ?

— Je vous dis la vérité ! Les enfants n'ont rien à voir dans l'histoire.

— D'accord… Voulez-vous voir l'enfant ?

— Oui s'il vous plaît.

— Sébastien… Va nous chercher l'enfant.

— Tous de suite patron !

L'homme sort de la pièce et trois minutes plus tard il revient avec le jeune Lucien. Ils rentrent tous deux dans la pièce. L'homme qui était assis sur le bureau se lève et se place derrière Lucien et il dit.

— Vous voyez Martine… Je tiens ma promesse… le jeune homme est là dans la même pièce que vous.

— Lucien, tu vas bien ?

— J'ai connu de meilleurs jours et…

Lucien n'avait pas fini sa phrase que l'homme du Parti Populaire Français avait sorti son arme et lui tire une balle dans la tête par derrière. Le jeune garçon s'effondra sur le sol. Et une mare de sang commence à sortir de son crâne. La jeune femme se met à hurler.

— NON… Pourquoi vous l'avez tué ?

— C'était un espion c'est vous qui nous l'avez dit.

— Vous avez dit que vous le laisseriez partir si je vous dis tous !

— Je n'ai jamais dit cela Martine… Je vous ai juste promis que le garçon serait dans la pièce avec vous. C'était un espion à la solde des Britanniques. C'est impossible qu'on le laisse sortir vivant.

— Ce n'est pas vrai… Qu'est-ce que j'ai fait…

— Vous avez fait le bon choix… Martine… Il avait choisi son camp. Malheureusement pour lui ce n'était pas le camp des vainqueurs et ni le mien. Il devait mourir. C'était inévitable.

C'est ce jour-là que le jeune Lucien de son vrai nom Salomon Rosemblum est mort dans le bureau numéro 210 du siège du Parti Populaire Français d'Orléans qui se situé dans la rue de la Bretonnerie. Le jeune Salomon avait quitté la Belgique avec ses parents au moment de l'invasion des troupes allemandes. Ses deux parents furent tués par un Messerschmitt BF109, lors du grand exode sur le territoire français près de la ville de Beaune la Rolande. Et durant les jours qui avaient suivi la mort de ses parents, il rencontra d'autres enfants orphelins comme lui. Et ensemble il cherchait qu'à survivre.

L'homme s'approcha de la jeune femme. Il se pencha vers elle. Et il lui dit en lui chuchotant à l'oreille.

— Ne vous en faites pas… Vous et l'Anglais allez bientôt le rejoindre. Je vous le promets. Et vous le savez maintenant que je tiens toujours mes promesses Martine.

— Vous êtes répugnant ! Je vous maudis sale traître.

— Ce n'est pas gentil Martine de me dire cela… J'ai respecté scrupuleusement ce que je vous avais promis et maintenant vous m'en voulez. Ce n'est pas gentil de votre part.

— Un jour vous allez devoir rendre des comptes aux peuples français et là votre vie sera finie. C'est dommage que je ne sois peut-être plus là pour le voir sinon je me ferais un plaisir de me soulager sur votre tombe.

— Martine… Je vais vous communiquer une information. Votre ami espion anglais et vous allez rentrer une petite visite à nos amis de la kommandantur. Vous allez voir ils sont très gentil.

— Salc rat de collaborateur !

L'homme esquisse un large sourire. Puis il fixe la jeune femme et dit sans même regarder son collègue.

— Allez chercher l'Anglais et mettez les fers aux poignets de la salope juive.

— Tous de suite-chef !

Sans attendre, un des hommes quitte la pièce pendant que le second met les menottes à Martine. Puis il la prend par les bras et la fait sortir de la pièce. La jeune femme en passant à côté du corps inerte du jeune enfant, elle détourne le regard. Dans le couloir deux autres hommes étaient en attente d'être interrogé par la PPF. Martine regardée leurs visages. Mais l'homme collaborateur la poussa pour qu'elle avance. La jeune traîne des pieds pour faire tout pour ne pas se rendre à la kommandantur. Parce qu'elle savait que les Allemands allaient les condamner à la peine capitale. En haut des escaliers, la jeune femme se débat pour ne pas descendre les marches. Mais l'homme du Parti de la collaboration en avait décidé autrement et donc il décide de pousser Martine dans les escaliers. La jeune femme se retrouve en bas des marches lorsque le second homme arrive avec le Second Lieutenant Billing. L'Anglais demande à Martine.

— Vous allez bien ? Vous ne vous êtes pas fait trop mal ? Vous avez du sang partout sur vous.

— Non ce n'est pas dans les escaliers que je me suis fait cela.

— J'ai parlé… Je suis désolé… Je pensais sauver la vie de Lucien… Mais ses gros porcs l'on abattu comme un chien. Je suis désolé…

— ON NE PARLE PAS ! Allez l'Anglais on va voir des personnes qui aimeront te voir.

— Ah bon vous allez m'emmener voir votre femme ?

— Non ! C'est trop drôle le British !

— Non je sais c'est votre mère… Mais vous savez je préfère les jeunes femmes. Les vieilles cela ne m'intéresse pas du tout. J'ai du mal à aller au lit avec les vieilles.

— ON SE TAIT ! Sinon je te fais le même sort qu'au jeune idiot qui était avec vous… Tu comprends le Rosbif ?

— Hector ! Tu n'en feras rien les Allemands le voudront vivant. Du moins pour le moment…

Le petit groupe sort du bâtiment du Parti Populaire Français et se dirige vers la FeldKommandantur. Arriver devant le garde dans sa guérite un des deux hommes du PPF dit.

— Nous avons un client pour vous il faudrait le remettre à l'Obersleutnant der Polizei Hans Grüber. Il s'agit d'un parachutiste anglais et une espionne que l'on soupçonne d'être une juive.

— Un instant.

Le soldat de garde se tourne vers son collègue et lui parle en allemand. Son collègue aussitôt part en courant vers le bâtiment. Quelques minutes plus tard, une vingtaine de soldats allemands et un officier sortent du bâtiment et viennent à la rencontre des deux membres des collaborateurs. En voyant cela, le Second Lieutenant Billing s'esclame.

— Tous ses soldats juste pour nous deux. Et bien ils doivent craindre que l'on ait un char dans notre poche.

— Mais tu vas te taire le Rosbif ?

— Pardon vous voulez dire quelque chose.

— Mais ce n'est pas vrai il ne va pas se taire cette andouille !

L'officier allemand parlant le français avec un très fort accents germanique dit.

— Vous avez réussi à capturer les terroristes parachutistes britanniques. Mais félicitation la plus sincère. On va s'en occuper. Cela sera rapide.

— Merci et croyez-moi on vous fait entièrement confiance pour vous occuper de leurs cas. Ravis d'avoir pu collaborer avec vous pour détruire les complots judéomaçonniques.

Les soldats allemands encadrent la jeune Martine et le Second Lieutenant Billing. Et le groupe rentre dans la cour du bâtiment. Pendant ce temps-là les deux hommes du Parti Populaire Français retournent à leurs bâtiments. Les soldats et les prisonniers entrent dans le bâtiment de la FeldKommandantur. Arriver dans le hall de l'entrer, se trouver un bureau avec deux gardes armées de mitraillette et un genre de secrétaire d'accueil. En face de la double porte dite, à la Française, se trouver un escalier et en haut de l'escalier une large bannière verticale rouge au cercle blanc avec en son centre une grosse croix gammée. Les personnes déjà présentes dans la bâtisse regardent la jeune Martine et le Second Lieutenant Billing. Le Second Lieutenant Billing dit à la jeune femme effrayer.

— Je pense que ses Allemands n'ont jamais vu de Britannique de leurs vies. J'ai l'impression d'être un animal de cirque.

La jeune femme fait un léger rire nerveux. L'officier allemand dit.

— L'Anglais avec moi ! La femme juive reste dans le couloir de l'aile ouest.

— Ils doivent être stupide ses Allemands ils pensent que je suis juive.

L'officier entendit les propos de Martine et il se tourne vers elle et lui dits.

— Vous n'êtes pas juive ?

— Bien sûr que non ! Je suis juste une patriote qui refuse la collaboration avec vous !

— Les véritables patriotes français sont avec le Reich allemand Madame !

— Non les vrais patriotes français sont avec le Général de GAULLE ! Et seront toujours contre les envahisseurs allemands ! Et la France reste une grande nation grâce à DE GAULLE et nous résisterons toujours aux fascistes nazis comme vous !

— Vous n'êtes qu'une terroriste sous la domination des Anglais. Vos soldats et votre Maréchal Pétain se sont rendus. L'Allemagne est une grande nation !

Le Second Lieutenant Billing se met à rire. Un des soldats qui se trouvent à côté de lui, donne un coup de crosse de fusil dans son estomac. Billing suite au coup de crosse de fusil porté par le soldat allemand met un genou à terre.

L'Officier fait signe à quatre des soldats d'emporter le Second Lieutenant dans un bureau. Puis l'Officier dit à la jeune femme.

— Ne vous inquiétez pas ! Je reviens vous voir d'ici peu de temps.

Puis l'Officier rejoint dans la pièce le Second Lieutenant Billing. Un des soldats fait asseoir Billing.

L'officier allemand se place sur une chaise devant ce dernier.

— Si nous commençons par votre identité ? Qui êtes-vous ?

— Second Lieutenant Billing… Matricule 2451256… Compagnie des Riffles Guard de Sa Majesté le Roi George VI.

— Quelle est votre mission ?

— Second Lieutenant Billing… Matricule 2451256… Compagnie des Riffles Guard de Sa Majesté le Roi George VI.

— Cela je le sais… Je vous ai demandé quelle est votre mission.

— Second Lieutenant Billing… Matricule 2451256… Compagnie des Riffles Guard de Sa Majesté le Roi George VI.

— Je vois vous ne voulez pas me dire quel est le but de votre mission ?

— Second Lieutenant Billing… Matricule 2451256… Compagnie des Riffles Guard de Sa Majesté le Roi George VI.

— Oui… Oui… Oui… Je sais Billing… Matricule et machin-chose du roi… Question Lieutenant voulez-vous vraiment que nous interrogeons votre amie la femme ?

— Second Lieutenant Billing… Matricule 2451256… Compagnie des Riffles Guard de Sa Majesté le Roi George VI.

— SS-Obersturmführer Ditrich!

— Oui Obersleutnant?

— Allez me chercher la femme !

— À vos ordres Obersleutnant !

Le soldat sort du bureau et agrippe par le bras la jeune femme. Martine essaie de se débattre, mais rien n'y fait l'Allemand est plus costaud qu'elle et réussi à la traîner jusqu'au bureau où se trouve le Second Lieutenant Billing. L'Officier claque des doigts et fait signe qu'elle doit s'asseoir.

— Madame… Dites-moi comment se nomme votre ami l'espion britannique.

— Comment voulez-vous que je le sache… Cela fait à peine une semaine qu'ils sont là !... Et vous n'est pas très intelligent vous dites-moi… Vous ne savez pas que pour la sécurité on ne connaît pas les véritables nom et prénom des uns des autres ?

— Comment cela ? Vous êtes combien ? Combien y a-t-il d'Anglais ?

— Chez nous je ne connais pas le nombre. Mais les Anglais sont au moins trois cents.

— SS-Obersturmführer veillez tous de suite appeler immédiatement Berlin et dite à l'état-major qu'il y a selon nos sources entre trois cents et quatre cents soldats britanniques cacher dans le secteur. Il nous faut des renforts et vite nous ne savons pas ce qu'ils convoitent. Et veuillez convoquer tous de suite le commandant de la DCA… J'ai des questions a lui posé. Il a dit qu'ils avaient vu que 4 parachutes… Je me demande si les soldats de la DCA savent compter ! Ils doivent avoir du sang juif pour être aussi stupides.

L'Officier regarda avec insistance le Second Lieutenant Billing et lui dit.

— Quelle est votre mission ?

— Second Lieutenant Billing… Matricule 2451256… Compagnie des Riffles Guard de Sa Majesté le Roi George VI.

— Je vois vous ne voulez toujours pas parler ! Comme vous le voulez !

— Selon la convention de Genève, je dois donner mon nom, mon grade, mon matricule et mon corps d'arme et ma nationalité.

— Certes, mais vous êtes un espion !

— Non je suis un soldat de Sa Majesté le Roi George VI.

— Garde ! Emmenez ses deux prisonniers dans les sous-sols.

Les gardes font lever de leurs chaises le Second Lieutenant Billing et la jeune Martine. Puis ils leur font quitter le bureau et leur font descendre des escaliers. Arriver devant une porte un garde ouvre la porte ce qui laisse apparaît un couloir sombre et humide devant eux.

Ils font avancer les deux prisonniers et un garde s'arrête devant une porte et l'ouvre. Et il dit.

— La femme l'a dedans !

Et il pousse Martine. Et la porte se referme derrière elle. Puis le garde ouvre la cellule d'accoté et dit.

— Vous l'Anglais ici !

Et il pousse à son tour le Second Lieutenant dans la cellule puis referme la porte à clé. Le Lieutenant Billing vit dans un coin au fond de sa cellule une aération qui donne sur la cellule de la jeune femme. Il s'approche et dit.

— Martine vous m'entendez ?

— Oui je vous entends Lieutenant !

— Avez-vous un lit ou un matelas dans votre cellule ?

— Non mon Lieutenant !

— Moi non plus ! Pourquoi avoir dit que nous étions trois cents soldats britanniques dans le secteur.

— Vous n'avez pas compris mon Lieutenant ? Les soldats allemands recherchés quatre parachutistes britanniques. Maintenant, les soldats allemands recherchent entre trois cents et quatre cents soldats. Ils s'en ont pour un très long moment avant de trouver les trois cents à quatre cents soldats britanniques. Je leur souhaite bien du courage.

— C'est sûr chercher des troupes qui n'existe pas est un peu compliquer. Et je sens qu'ils vont s'engueuler entre eux à ce sujet campant chacune des sections sur leurs positions. La DCA avec leurs quatre parachutes et vous qui dites à la Kommandantur qu'il y a plusieurs centaines de soldats. Par contre j'espère que le jeune garçon a pu rejoindre la maison pour les prévenir de ce qui s'est passé. Et j'espère qu'ils se mettront à l'abri dans un lieu sûr.

Emblème du Parti Populaire Français (P.P.F)

Fondé et dirigé par Jacques Doriot, était le principal parti politique d'inspiration fasciste français en 1936-1939 et l'un des deux principaux partis collaborationnistes en 1940-1944, avec le Rassemblement national populaire (RNP) de Marcel Déat.

8. LA MORT AU TOURNANT.

Quelques heures sont passées, depuis que la jeune Martine et le Second Lieutenant Billing se sont fait enfermer dans leur cellule par les Allemands de la FeldKommandantur. Des bruits de bottes résonnent dans le couloir devant les cellules.

C'est à ce moment-là que les portes des deux cellulcs s'ouvrent. Le soldat allemand fait sortir Martine et le Second Lieutenant Billing. Les deux prisonniers des Allemands montent les marches et son conduit de nouveau dans le bureau de l'Obersleutnant. Deux gardes se trouvent déjà dans le bureau et le gradé de la police allemande se trouve derrière son bureau. Le garde qui conduit les prisonniers les fait s'asseoir en leur appuyant sur leurs épaules. L'Obersleutnant fixe du regard la jeune femme et le Lieutenant Billing. Au bout de deux minutes de silence. Silence qui sembla à la frêle jeune femme comme une éternité. L'officier allemand prit la parole.

— Comment s'est passée votre nuit parmi nous, dites-moi ?

— Personnellement, j'ai connu mieux et le service laisse à désirais si vous voulez mon avis. Explique le Second Lieutenant Billing.

— Oui, je suis d'accord avec lui. Je n'ai jamais vu un service aussi déplorable.

— Quoi ? Non, mais c'est quoi ses remarques ? Sachez que nous ne sommes pas là pour être aux petits soins avec vous ! Vous êtes des prisonniers de l'armée du troisième Reich allemand. Vous n'êtes pas à l'hôtel ici !

— Encore heureux, sinon je refuserais de payer la facture. On ne nous a même pas placé un carré de chocolat sur notre oreiller. Réplique Billing.

— Je crois savoir pourquoi, mon Lieutenant… Il n'y avait pas d'oreillers dans les cellules.

— Il suffit ! Vous êtes des prisonniers !

— Je crois que l'armée allemande se disait être une grande armée ! Mais on voit ici qu'elle est médiocre. Elle ne s'est même pas recevoir des invités dans leurs bâtiments. Poursuis Billing.

— C'est vrai qu'un petit morceau de chocolat cela fait toujours plaisir. Mais vous savez Lieutenant Billing, les Allemands ne sont pas connus pour leurs hospitalités et leurs savoir-vivre. Ils ne sont pas comme le peuple britannique et Français qui a une culture de l'accueil de très haut niveau. Et qui savent recevoir les gens !

— Vous n'êtes pas mes invités ici ! Vous n'êtes que des prisonniers !

— Ah bon c'est comme cela que vous le prenez Obersleutnant ? Madame Martine, vu qu'ils ne nous considèrent pas comme des invités… Nous partons ! Je n'ai jamais vu des hôtes aussi malpolis !

— Je vous suis Lieutenant !

La jeune femme et le Second Lieutenant Billing se lèvent et commencent à se diriger vers la porte du bureau. Le soldat qui était derrière eux se dépêche pour se positionner devant la porte pour leurs barré le passage.

— Veuillez-vous asseoir ! Dis Obersleutnant.

— C'est un comble ! On nous demande de nous asseoir alors que le service est plus que déplorable !

— Vous êtes des prisonniers ! Qu'est-ce que vous ne comprenez pas dans le terme que vous êtes des prisonniers ?

— D'accord alors moi je vous dis qu'à partir de maintenant je refuse de vous parler ! Rétorque Billing.

— Vous allez parler ! Croyez-moi !

— C'est cela… J'en parlerais à mon cheval !

— Quoi ? De quel cheval parlez-vous Lieutenant ?

— Non, je ne vous parle plus ! Je vous fais la tête. Et je ne dirais plus rien. Cochon qui s'en dédit.

— Quoi ? Mais quel cochon ? Je ne comprends rien à ce que vous dites Lieutenant !

La jeune femme regarde l'officier allemand et se met à éclater de rire.

— Pourquoi riez-vous, madame ?

— Je ris parce qu'il vous dit des expressions typiquement françaises et que vous ne comprenez rien ! Vous qui dites que les Allemands sont les plus grands, les plus beaux et les plus cultivés. Il vient de vous démontrer l'inverse.

— Lieutenant ! Vous vous moquez de moi ?

Le Second Lieutenant Billing ne répond pas à la question de l'officier allemand.

— Lieutenant ! Je vous ai posé une question !

Billing ne répond pas. Mais, ce dernier fait un sourire.

— Lieutenant ! Je vous ordonne de répondre à ma question ! Êtes-vous entrains de vous moquez de moi ?

Toujours pas de réponse de la part du Second Lieutenant Billing. Martine rit de plus belle puis elle prononce les paroles suivantes.

— Alors… Vous… Vous devez être particulièrement stupide !

— Quoi ? Comment osez-vous insulter un officier de l'armée allemande, madame ?

— C'est très simple comme je viens de le faire ! Mais laissez-moi m'expliquer je vous prie.

— En plus, vous avouez ?

— Et bien… Je ne vais pas vous mentir… Vous avez déjà l'air assez con comme cela ! Mais je m'explique… Le Lieutenant vous a dit qu'il ne vous parle plus… Donc il fait ce qu'il a dit… Et si vous ne le comprenez pas, c'est que vous êtes bien stupide !

— Mais ce n'est pas à lui de décider s'il me parle ou pas ! Je suis officier de la grande armée du troisième Reich ! Je suis Obersleutnant ! Il me doit le respect ! Quand je pose une question… On me répond c'est un ordre !

— Dite-moi si je me trompe… Obersleutnant c'est l'équivalent de Sous-Lieutenant ou de Second Lieutenant ?

— Oui… Dites-moi en quoi c'est quoi le problème.

— Vous ne voyiez pas ?

— Non ! Je pose une question… On doit me répondre ! C'est un ordre ! Je ne vois pas pourquoi il n'obéit pas à un de mes ordres !

— Oh mon de Dieu… Qu'il est con celui-là ! Premièrement, Obersleutnant, vous avez le même grade ! Deuxièmement, vous n'êtes pas dans la même armée ! Donc votre ordre vous pouvez donc vous le mettre ou je pense !

— Quoi ? Je ne comprends pas !

— Cela je m'en suis douté que vous ne comprenez pas grand-chose. Mais pour faire simple et pour être certaine que vous me comprenez, je vais vous l'expliquer en terme très simple… Votre ordre… Vous pouvez vous le mettre dans le cul ! Dans le cul la praline !

— Comment osez-vous me parler de cette façon ?

— Il faut que j'utilise des mots très simples pour que vous compreniez. Question le jour de la distribution de cerveau… Vous étiez absent parce que là la conversation tourne en rond.

L'officier allemand commence à voir rouge parce qu'il s'aperçoit que la jeune femme et le Second Lieutenant Billing étaient entrains de se moquer de lui en plaçant dans leurs paroles des insultes.

— Vous commencez à m'énerver tous les deux !

— Ce n'est pas gentil de dire cela ! J'essaie de vos expliquez les choses pour que vous ne sembliez pas être plus débile que vous l'êtes tous dans l'armée allemande. En particulier, le nain à la petite moustache qui se trouve en photographie derrière vous ! D'ailleurs qu'il est moche ! Vous voulez que les gens fassent des cauchemars en voyant sa tête de psychopathe ?

— De qui parlez-vous ?

— Le crétin à la moustache derrière vous ! Sur la photographie.

L'officier se retourne et regarde la photographie que la jeune femme parler et s'aperçoit que Martine parle du Chancelier allemand Adolf Hitler. Il se retourne vers les prisonniers et dit d'une forte voix.

— Vous parlez de notre Führer ! Notre Führer n'est pas un psychopathe comme vous le dites ! Et ce n'est pas un crétin ! Grâce à lui, nous dominons une très grande partie de l'Europe et bientôt le monde !

— Et bien… Vous me semblez bien êtes des plus confiants Obersleutnant !

— Madame… Est-ce les Français qui sont en Allemagne ou les Allemands qui sont en France ? Oh ! Pardons… J'oubliais qu'il y a des Français en Allemagne… Des prisonniers tous comme vous deux… Les soldats allemands chez vous !... Les Soldats Français chez nous !

— Oui parce que vous craignez que le peuple de France libère nos maris, fils et frères… Mais savez-vous que c'est contraire à la Convention de Genève ?

— Et qui va nous arrêter ? Vous ?

— Non la Croix Rouge Internationale !

— Les Suisses ont très peur de nous. En deux jours, nous pourrions occuper toute la Suisse. Ils ne feront rien. Ce sont des lâches tous comme les officiers Français qui se sont caché lorsque la grande armée du troisième Reich avancé tel un char sans freins.

À ce moment-là, une personne frappe à la porte du bureau. L'Obersleutnant regarde la porte et dit.

— Oui… Entrez !

Il s'agissait d'un autre officier de l'armée allemande. L'Obersleutnant le fixe du regard et lui dit.

— Que voulez-vous ? Vous ne voyiez pas que je suis avec des prisonniers actuellement ?

— Obersleutnant… C'est vous qui avez envoyé votre adjoint me dire que vous voulez me voir.

— Non ce n'est pas possible !... Je n'ai jamais donné cet ordre !... D'ailleurs, j'ignore qui vous êtes !...

— Je suis Hauptmann Ludwig Von Strässer.

— Cela ne me dit rien !... Sortez maintenant !

— Je suis le commandant de la DCA Ouest Loiret.

— Je ne me souviens pas ! Sortez ! …

La jeune femme recommence à rire. En la voyant rire, le Second Lieutenant Billing rit à son tour. L'Obersleutnant se tourne vers eux et dit.

— Pourquoi riez-vous encore vous deux ?

— Parce qu'en plus d'être stupide vous êtes Alzheimer.

— Quoi ? …

— Hier avant que vous nous fassiez descendre dans les cellules en bas. D'ailleurs, j'en profite pour vous rappeler que je veux un carré de chocolat sur mon oreiller. Vous avez dit à un autre crétin de l'armée allemande de convoquer le responsable de la DCA.

— Vous êtes des prisonniers ! Il n'y aura pas de chocolat sur les oreillers… D'ailleurs, vous n'avez même pas d'oreillers dans vos cellules !

— Oui d'ailleurs on devrait en reparler. Il faudrait des oreillers pour que vous puissiez mettre chaque jour un carré de chocolat dessus.

— Madame, qu'est-ce que vous ne comprenez pas dans la phrase ?... Vous êtes des prisonniers donc, pas d'oreillers et donc, pas de chocolat !

— D'accord, on en reparle tout à l'heure.

— Non ! On n'en reparlera ni aujourd'hui… Ni demain…

— D'accord donc on en reparle après-demain. Mais attention je note que vous nous devrez les trois chocolats chacun. Un pour la soirée d'hier, un pour aujourd'hui et un pour demain.

— Pas de chocolat ! Et l'on n'en reparlera jamais ! Avez-vous bien compris maintenant ?

L'Obersleutnant se tourne vers l'Hauptmann et lui dit.

— C'est à cause de ses deux individus que je vous ai convoqué dans nos bureaux !

— En quoi c'est deux personnes concerne la DCA Ouest Loiret Obersleutnant ?

— Oh, mais c'est très simple Hauptmann ! L'homme est Britannique et il fait partie des hommes qui on sautaient sur votre zone de protection !

— C'est un des quatre parachutistes ?

— Hauptmann ! Ils ont dit qu'il fait partie d'un groupe de trois cents à quatre cents soldats !

— C'est impossible ils n'étaient que quatre a sauté de l'avion que nous avons abattu !

— Oui et bien cela veut dire que, soit des parachutistes ont sautés à votre insu. Ce qui ferait que vous êtes un incompétent où que vous ayez menti dans votre rapport !

— Comment osez-vous Obersleutnant ! Je suis soldat du Reich depuis je suis certains beaucoup plus longtemps que vous ! Ma famille sert l'armée allemande depuis de très nombreuses années que vous n'étiez pas encore né !

— Il y a des commandos parachutistes britanniques sur notre secteur et s'ils sont entre trois cents et quatre cents cela pose un lourd problème Hauptmann !

— Avez-vous déjà réfléchi qu'ils vous ont donnée se chiffre de trois cents à quatre cents parachutistes pour vous perturber ?

— Quoi ?

— Je dis croyez-vous ses Britanniques ou un officier de l'artillerie allemande qui de plus à de nombreuses décorations remises par les Généraux Wilhelm Keitel et Alfred Jodl ? Dites-le-moi Obersleutnant ?

— C'est vrai… Cela ferait beaucoup de soldats britanniques sur le secteur.

— Obersleutnant… Sachez que je passe cette fois-ci sur vos accusations sur mon devoir d'officier. Mais sachez que si cela se reproduit. Je ferais un rapport directement à mon état-major.

— Excusez-moi… Mais vous comprendrez que cette information était inquiétante.

— Je le conçois certes… Mais ne mettez plus jamais ma parole ou mes rapports en doute !

— Compris Hauptmann Von Strässer !

— Puis-je disposer maintenant ?

— Oui Hauptmann Von Strässer! Bonne fin de journée Hauptmann Von Strässer!

— Heil Hitler!

— Heil Hitler! Hauptmann Von Strässer.

L'Hauptmann Von Strässer sortit de la pièce. L'Obersleutnant se retourne vers la jeune femme et le Second Lieutenant Billing. Il n'avait pas l'air très content. Il les fixe pendant une minute sans dire un mot. Puis il dit.

— Vous !

Le Second Lieutenant Billing pointe son index vers lui.

— Oui !! Vous !! Par votre faute, je risque d'avoir de très gros problèmes ! Et si j'ai de très gros problèmes… Imaginez les très gros problèmes que vous auriez également !

— Il n'a strictement rien fait ou dit.

— Quoi ?

— Alors vous, vous devriez consulter un médecin au plus vite. Ce n'est pas lui qui vous a dit qu'ils étaient entre trois et quatre cents parachutistes britanniques.

— Ah oui alors c'est qui ?

— C'est moi ! Mais c'est une approximation que je vous communiquais. Cela ne veut pas dire que mes chiffres sont parfaitement exacts. Après si vous vous excitez sur des approximations cela n'est pas mon problème, mais c'est le vôtre.

— Avouez ! Vous voulez ma mort !

— Personnellement, et cela n'engage que moi. Je ne me permettrais jamais de parler au nom du Second Lieutenant Billing. Je ne vous connais pas suffisamment pour vouloir votre mort. Mais comme vous êtes Allemand et que vous refusez de me donner un oreiller avec un carré de chocolat par jour. Je pense que cela pourrait m'inciter à vouloir votre mort. Bon je vous l'accords justes le fait que vous soyez Allemand me donner envie de votre mort.

— Certes, je peux le concevoir. Mais j'espère que vous pourrez concevoir que je vais vous faire transférer dans une de nos prisons en Allemagne !

— Si vous voulez ! Cela ne me fait pas peur !

L'officier se tourne vers son aide de camp et il lui dit.

— SS-Obersturmführer Ditrich!

— Oui Obersleutnant?

— Veuillez reconduire les prisonniers dans leurs cellules respectifs.

— À vos ordres Obersleutnant !

L'aide de camp de l'Obersleutnant fit signe aux trois gardes de conduire sous sa responsabilité les prisonniers dans leurs cellules.

Entre-temps, le jeune Adrien avait réussi à regagner la maison de Martine. En voyant le très jeune garçon revenir seul, sans Martine ou le Second Lieutenant Billing, les membres du commando britannique comprennent que la mission fut un échec et que les autres membres de la mission partie pour la ville d'Orléans ont été capturés par les Allemands.

— Que s'est-il passé ? Demande Lauren.

— On a été repéré par les membres du PPF et ils nous ont attaqués.

— C'est quoi le PPF ?

— C'est le Parti Populaire Français, ce sont des traîtres et collaborateurs avec les Allemands.

— Mais ils ont attrapé tout le monde ?

— Je ne sais pas. Pour sûr, ils ont attrapé Martine et le Lieutenant. Pour Lucien je ne sais pas lors de notre fuite on s'est séparé. J'ai eu de la chance un concierge d'un immeuble ma cacher chez lui. J'en suis ressorti qu'à la tombée de la nuit. Et j'ai marché en essayant d'éviter les patrouilles allemandes et françaises.

— S'ils ont été capturés, ce n'est pas très bon de rester ici. Il faut que l'on quitte la maison au plus vite !

— Je ne vous fais pas dire.

Lauren appelle l'opérateur radio Laurent et lui dit.

— Martine et probablement le Lieutenant Billing ont était capturé par des hommes du nom de PPF et en ce qui concerne Lucien, Adrien n'a pas de nouvelles ils n'ont pas réussi à rester groupé.

— Vous dites les hommes du PPF ?

— Oui !

— Ce n'est pas très bon tout cela. Je vais vous dire le Général De Gaulle dit que le PPF a communiqué des informations secrètes aux services de l'Abwehr. Et pour tout dire, les Allemands connaissaient beaucoup trop d'information sur nos codes radio et sur nos unités. Ce sont des fascistes d'avant même le début de la guerre. Ils ont même organisé des campagnes contre l'entrée en guerre de la France contre les Allemands.

— Pour faire court, vous voulez dire que ce sont des traîtres ?

— Oui !... Et si le Lieutenant et Martine sont leurs prisonniers, ils vont souffrir avant d'être livrés aux Allemands !

— On devrait partir d'ici et embarquer tout le monde avec nous. Qu'en pensez-vous Laurent ?

— Partir c'est une évidence ! Mais je me demande comment on va réussir à faire pour faire sortir tout le monde et surtout où nous pourrions aller.

— Cédric doit passer dans la matinée. On va lui demander. Il saura comment faire !

Quelques minutes après l'arrivée d'Adrien, Cédric rentre précipitamment dans la maison.

— Martine et le Second Lieutenant Billing ont été livrés aux mains des Allemands de la FeldKommandantur.

— Et Lucien savez-vous s'il a été capturé. Demande Lauren.

— Lucien a été tué durant son interrogatoire par un homme du PPF.

— Mon de dieu. C'est terrible.

— Il faut que vous quittiez les lieux ! Et maintenant ! J'ai eu l'information que les hommes du PPF et les Allemands viennent ici !

— Mais comment fait-on pour les Polonais dans la cave ? Et où allons-nous nous cacher ?

— J'ai un autre lieu loin de Meung-sur-Loire. Là-bas, vous serez en sécurité !

— Mais Martine et le Second Lieutenant Billing sont en vie ?

— Oui, ils sont en vie… Du moins… Pour le moment !

— On ne peut pas les secourir ?

— Non ! C'est beaucoup trop dangereux ! Et je ne veux plus perdre une autre personne. Vous comprenez Lauren ?

— Oui, je comprends.

Le petit groupe commence à rassembler leurs affaires. Et à faire remonter de la cave le groupe des juifs polonais. Cinq minutes plus tard, un camion arrive dans la rue. Lauren commence à avoir peur en pensant qu'il s'agit des Allemands. Mais en faîte, c'est Armand le cousin de Lucile la femme du commandant de la gendarmerie de Meung-sur-Loire qui vient d'arriver. Armand n'était pas seul, avec lui trois autres hommes dont la taille et la corpulence étaient largement au-dessus de la norme. Armant rentre à son tour dans la maison, pendant que les deux autres hommes surveillent la rue où se situe la maison de Martine.

— Vous êtes prêt à partir ? demande le colosse.

— Oui, nous sommes presque prêts il manque juste à prendre des affaires pour le fils de Martine.

— Bien… Parce qu'il faut faire vite. Les hommes du PPF et les Allemands peuvent arriver d'un moment à l'autre !

— Ne t'inquiète pas Armand, j'ai demandé à des membres du réseau de se poster sur plusieurs points et lorsqu'ils arriveront ils auront une surprise. Crois-moi !

— Cela leur fera les pieds à ses sales traîtres du PPF et à ses sales boches ! Et le mari de ma cousine m'a dit qu'il essaiera de les retenir également.

— Voilà tout est prêt. Dis Lauren.

— Parfait ! C'est parti ! On fait sortir les Polonais et chacun portera deux valises ! Et tout le monde devrez prendre une arme au cas où. On ne sait jamais suffis d'avoir de la malchance. Il vaut mieux prévoir. Explique Cédric.

— Alors on se rend au camion par groupe de quatre. En quatre fois, cela sera fait comme cela !

— Oui, tu as raison… On ne peut pas sortir tous en même temps… N'y sortir un par un cela serait beaucoup trop long et donc dangereux…

Les personnes présentent dans la maison de Martine, ce jour-là se regarde les uns les autres. On voit les grands-parents embrasser leurs enfants et petit-enfants comme s'ils n'allaient plus se revoir où comme-ci ils allaient tous mourir. Cette scène me restera à jamais dans ma mémoire.

— Allez !! Vous êtes prêt ?... C'est parti ! Bonne chance à tous !

Le premier groupe était composé des grands-parents et quatre petits-enfants du groupe polonais. Il se précipita et les deux hommes les aidèrent à monter dans le camion bâché.

Trois minutes plus tard, c'était au tour des parents et de cinq autres enfants de quitter la maison. Ils montent également dans le camion.

Quelques minutes plus tard, c'est un groupe composé de cinq femmes, de deux fillettes et d'Armand, le cousin de Lucile et le résistant qui cachent dans sa ferme d'autres personnes qui sortent de la maison de Martine et montent dans le camion

Enfin, le groupe composé de Lauren, Laurent, de Cédric et de Lucas, le fils de Martine sort à leurs tours de la maison, mais eux se dirigent vers la voiture de Cédric. Cédric avant de monter en voiture se tourne vers Armand et lui dit.

— Tu sais où tu dois aller ! Je te dis bonne chance, mon ami ! Et vive la France Libre !

— Bonne chance à vous aussi ! Et oui… Vive la France !

Cédric commence à partir en direction du nouveau lieu où nous devons nous cacher des hommes du PPF et des Allemands.

On était parti de la maison de Martine il y a moins d'une minute que d'un coup on entend retentir des bruits d'armes. Je me retournai et je vois les hommes du camion et Armand sortir les armes à la main et tirer sur quelque chose. Personnellement, je me doute qu'Armand et ses deux amis tirent sur des hommes du PPF ou des Allemands qui arrivent au niveau de la rue où se trouve la maison de Martine.

— On ne va pas les secourir ?

— Non c'est trop dangereux pour vous !

— Mais ils vont se faire massacrer !

— Lorsque l'on rentre dans la résistance c'est pour un idéal et on le sait on peut mourir et cela Armand et les autres en sont conscient.

Je me retourne et je vois un des hommes qui été avec Armand tombé au sol. Quelques instants plus tard, je vois Armand, ce géant tombé à son tour. Puis quelques secondes après, qu'Armand tombe au sol, le camion explose.

Vous allez peut-être me dire que c'est parce que je suis une femme. Mais je vous avoue qu'à ce moment-là. La tristesse de voir des gens que j'ai côtoyés durant le temps que j'étais dans la maison de Martine m'a fait pleurer. À ce moment-là, Cédric sorti de la poche intérieure de sa veste un mouchoir et me le donne.

— Essuyez-vous les yeux... Cela me rend triste lorsque vous pleurez. Je préfère vous voir rire.

Entre-temps, à la brigade de gendarmerie de Meung-sur-Loire, des hommes du PPF entrent en nombres accompagnés par des soldats allemands.

Au garde, c'est le gendarme Belleville qui pour rappel avait été puni par le Commandant de la Brigade lors de la visite de Lauren et de Cédric. Le gendarme Belleville dit.

— Bonjour messieurs en quoi puis-je vous aidé ?

— Nous recherchons des parachutistes anglais qui seraient cachés dans votre ville.

— Des parachutistes anglais ?? Rien que cela !

— Gendarme nous ne rigolons pas ! On a capturé un officier britannique hier après-midi à Orléans près de nos bâtiments et près de la FeldKommandantur !

— C'est vrai ?

— Naturellement que c'est vrai ! Vous croyez que l'on vient voir les bouseux pour notre plaisir ?

— Et bien, sachez que je vous apporterais toutes mon aide. Mais là, voyez-vous je dois rester ici. Et mon supérieur et fâcher parce que j'ai malmené des juifs donc je suis comment dire… Punis !

— Et vos juifs, ils sont où actuellement ?

— Il les a relâchés !

— Quoi ? Mais votre Commandant est complètement stupide ou quoi ?

— Allez nous le chercher.

— À vos ordres !

Le gendarme Belleville quitte le poste du garde de la brigade et part chercher le Commandant dans son bureau. Dans le bureau du Commandant, il y a sa femme Lucile. Et le gendarme Belleville lui dit.

— Commandant des hommes demande à vous voir !

— Et c'est qui ses hommes en question gendarme Belleville ?

— Ce sont des hommes du PPF accompagné de soldats allemands.

Le Commandant sort de son bureau accompagné par sa femme et le gendarme Belleville. Le Commandant demande.

— Que puis-je faire pour vous servir ?

— On recherche des parachutistes anglais.

— Oui, j'en ai entendu parler par le Préfet Jacques Moranne, lors de notre réunion à la Kommandantur.

— Hier après-midi, nous avons arrêté un des membres de ce commando britannique. Et l'on sait qu'ils sont sur ce secteur, plus qu'avec lui, il y avait une femme qui nous a dit qu'ils étaient dans votre ville !

— Quoi ?

— Où sont ses Anglais et où sont les youpins que ce gendarme a arrêtés ?

— Il n'y a pas d'Anglais dans nos cellules et pour les juifs je leur ai rappelé la loi de ne pas rentrer dans les lieux publics et ensuite je les ai relâchés !

— Cela ne me plaît pas commandant ! Cela ne me plaît pas du tout ! Vous et votre dame allez nous accompagner dans nos bureaux.

Gendarme le temps de l'absence de votre officier supérieur vous prendrez le commandement de la Brigade. Et votre première mission est de fouiller toutes, je dis bien toutes les maisons sur le secteur de Meung-sur-Loire !

— À vos ordres !

Le Commandant et sa femme Lucile se font escorter par les soldats allemands et quatre hommes du PPF. Les membres du PPF les font monter à l'arrière d'un camion débâché. Puis le camion fait route en direction de la ville d'Orléans.

Le gendarme Belleville sonne le rassemblement de la brigade. Après cinq minutes que tous les gendarmes soient, rassembler. Il prend la parole et dit.

— Messieurs, je remplace le temps de son absence le Commandant de la brigade ! Les hommes du PPF et les soldats allemands, ici présents, nous demandent de les renforcer dans la chasse au commando britannique venu tué des Français et des Allemands sur notre territoire ! Alors notre devoir, et comme le veut le Maréchal Pétain est de défendre et protégé la France face aux troupes envoyées sur notre sol par des officiers sous influence des groupes judéomaçonniques. Donc, messieurs… À la chasse !

À la fin de ce discours les gendarmes, membres du PPF et les soldats allemands sortent de la brigade de gendarmerie et commence à fouiller les maisons de la ville de Meung-sur-Loire.

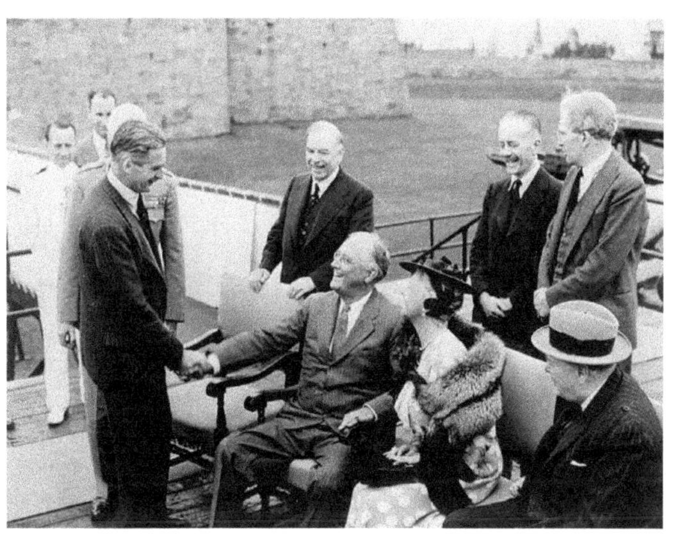

Anthony Eden (initiateur du Projet :Lumière dans la nuit) sert la main du Président Américain Franklin D. Roosevelt en présence du Premier Ministre Winston Churchill lors la Conférence de Québec en 1943 .

9. TENIR BON.

Le camion débâcher qui conduit le commandant de la gendarmerie de la ville de Meung-sur-Loire et sa femme arrive après d'un peu plus de quarante-cinq minutes de trajet. Il faut vous dire que la route dans ces années-là n'était certainement pas de bonnes qualités comme on peut le voir de nos jours. De plus, le voyage dans le camion n'était pas de tout repos. En effet, les personnes à l'arrière n'étaient pas à leur aise. Vous étiez ballotté d'un côté à l'autre.

Les soldats de l'armée allemande avaient décidé que le commandant de la gendarmerie de la ville de Meung-sur-Loire devait être emmené dans leur bâtiment. C'est pour cette raison que le camion stoppa devant la FeldKommandantur.

À leurs arrivées, un groupe de soldats sortit du bâtiment et se posta autour du camion. Alain, le commandant de la gendarmerie se demande s'il n'avait pas été dénoncé par une tierce personne et que c'est la raison qui a fait que les hommes du PPF et les soldats allemands étaient venus à la brigade de Meung-sur-Loire.

Puis un officier de la Schutzstaffel et un autre homme en complet noir sorti à leur tour du bâtiment. L'officier dit.

— Commandant… Descendez avec votre dame. Je me présente SS-Obersturmführer Otto Von Himberburg et je vous présente l'officier de la Geheime Staatspolizei que l'on nomme chez nous Gestapo Hans Wilherman. Nous souhaiterons nous entretenir avec vous et votre femme Lucile si je ne me trompe pas. Suivez-nous, je vous prie.

Le commandant commence à craindre

pour sa femme. Il se demande ce que peuvent savoir le membre de la police allemande sur lui et ses activités avec la résistance. Alain commence à craindre qu'il ait mis la vie de sa femme en danger. Le commandant avez déjà entendu parler de la Geheime Staatspolizei qui se fait nommer Gestapo. Leurs techniques d'interrogatoire étaient les plus violentes qu'il soit. En lui-même, le commandant se demande en cas d'interrogatoire le temps qu'il tiendrait. Il le sait parfaitement. Même les hommes et les femmes les mieux entraînés et les plus résistants mentalement à un moment craquent et répondent aux interrogatoires. Personne ne résiste indéfiniment. Mais là, la question est, est-ce qu'il va tenir suffisamment longtemps pour que les membres du réseau puis se mettre en sécurité et mettre leurs familles en sécurité.

Les deux Magdunois suivent les officiers allemands. Il rentre dans le bâtiment. Puis on demande à Lucile de s'asseoir dans le couloir. Et en fait rentrer son mari dans un bureau.

— Commandant… Comment allez-vous ? dit l'Officier de la SS.

— Je vais bien, merci… Mais je suis un peu perplexe par ma présence ici.

— Ne vous inquiétez pas… Cela sera vite réglé… Faites-moi confiance. Réponds l'officier de la Gestapo.

— Je ne comprends pas. Je suis le commandant de la brigade de gendarmerie de Meung-sur-Loire, sous commandement du Préfet et du gouvernement de Vichy. Pourquoi suis-je ici ?

— Monsieur le commandant, on a reçu une lettre, d'une personne, qui dit que vous avez des contacts avec des personnes que l'on soupçonne de faire partie des terroristes qui se disent résistant ?

— Ah oui… Je vois… Une lettre de soi-disant bon français qui dénonce des choses qui ne sont pas réelles sous couvert d'anonymat. Je connais à la brigade de gendarmerie de Meung-sur-Loire, nous en recevons très régulièrement. D'ailleurs pour tout dire, j'ai dû créer un service spécial juste pour ce type de courrier. Et cela occupe deux gendarmes à plein temps.

— Vous dites que ses accusations sont mensongères ?

— J'ai une question pour vous. Pensez-vous que je mettrais en péril, ma carrière, la sécurité de ma femme juste pour des personnes qui n'ont pas d'instruction ? Vous ne le savez peut-être pas, mais la gendarmerie est un corps militaire. On a pour habitude d'obéir aux ordres donnés sans trop réfléchir.

— Je comprends… Donc vous dites que cette lettre est une fausse accusation ?

— Non seulement je vous le dis ! Mais je vais plus loin SS-Obersturmführer, je l'affirme. C'est peut-être une lettre d'une personne à qui j'ai donné des amandes, ou fait subir un interrogatoire après un crime commis par l'auteur de ce torchon !

— Une question pour vous, commandant. Connaissez-vous une femme du nom de Martine Delporte ?

— Oui, il s'agit d'une habitante de la ville de Meung-sur-Loire. Elle réside, si je ne dis pas de bêtise, au côté de la gare. Mais cela je dois le vérifié. Pour en être certain, Monsieur l'Officier de la Gestapo. Mais pourquoi cette question ?

— Cette femme a été arrêtée hier par les hommes du PPF en compagnie d'un homme.

— Je vais vous avouer une chose… Je n'aime pas tellement les hommes du Parti Populaire Français ou PPF. Ses hommes se prennent pour des gendarmes ou des policiers or ils n'ont pas de réel pouvoir judiciaire. Et si elle se promène avec un homme, je ne vois pas en quoi cela me concerne. Elle est grande et veuve. Donc vous comprendrez que cela ne me regard pas.

— Pourtant lorsque les hommes du PPF vous on dit de le suivre, vous l'avez fait ?

— Attention, Monsieur l'Officier de la Gestapo, n'extrapoler pas mon attitude. Ce ne sont pas les hommes du PPF que j'ai suivi, mais ce sont les soldats de votre armée. Ce qui n'est pas la même chose. Sachez, comme je vous l'ai dit que j'ai plus de respect pour les militaires même s'ils ne sont pas français que pour les hommes du Parti Populaire Français.

— Je vois ce que vous voulez dire commandant et je vous comprends. Mais revenons à cette femme Martine Delporte et à cet homme qui se trouvez avec elle, si vous le voulez bien. Dis le SS-Obersturmführer.

— C'est vous qui voyez !

— L'homme en question est un officier britannique qui a été parachuté sur votre secteur. Votre femme est une grande amie avec cette madame Martine Delporte ?

— Alors là, je ne peux vous le dire. Personnellement, j'ai suffisamment de travail à la brigade de gendarmerie et je vous avoue que je ne vais pas passer mon temps à surveiller tous les faits et gestes de ma femme. Mais je sais que cette Martine était à l'école avec ma tendre épouse. Donc, il est plus que fort probables elles sont resté en bons termes comme nous disons chez nous.

— Merci pour ses informations. Par contre, vous allez rester un peu avec nous.

L'officier de la Schutzstaffel, le SS-Obersturmführer Otto Von Himberburg, appel un garde et lui dit.

— Garde ! Conduisez le commandant dans la salle d'attente et nous faire rentrer sa femme dans le bureau.

— À vos ordres SS-Obersturmführer !

Le garde fait sortir le commandant de la gendarmerie de Meung-sur-Loire et le dirige vers une petite pièce où sa femme Lucile se trouve. La jeune femme regarde son mari et lui dit.

— Tu vas bien ? Que nous veulent-ils ?

— Martine et un homme ont été arrêtés hier après-midi. Et l'homme en question est Anglais.

— Oh mon Dieu !

— Silence ! Il est interdit de parler entre vous ! D'ailleurs madame suivez-moi ! dit le garde.

Quelque instant plus tard le jeune garde, qui semblé qu'avoir une vingtaine d'années revient vers le Commandant et Lucile. Il pointa du doigt la femme du Commandant et lui dit.

— Vous ! Veuillez me suivre ! Les officiers veulent vous parler !

La jeune femme se lève fébrilement et suit le jeune soldat allemand jusqu'à la porte du bureau ou son mari était quelques minutes plutôt. Quelques secondes après, Martine passe devant la porte de la salle où se trouver le Commandant et elle aussi se dirige sous bonnes escortes en direction du bureau. Arrivée devant la porte, Martine retrouve la femme du Commandant de la gendarmerie de Meung-sur-Loire. Le soldat qui escorta Lucile frappe à la porte. Une voix se fait entendre.

— Entrez !

Le jeune soldat ouvrit la porte du bureau et là les deux officiers allemands regardent les deux jeunes femmes qui ne disent aucun mot et qui ne se regardent pas. Le jeune militaire entre dans le bureau et se place sur le côté, laissant un accès aux deux femmes qui attendent, de façon hésitante devant la porte. Un des gardes de l'escorte de Martine poussa la jeune femme dans le bureau. Puis le soldat rentre à son tour. Le jeune soldat qui avait conduit Lucile devant la pièce inclina la tête et lui dit.

— Madame… Veuillez entrer s'il vous plaît !

Lucile entre dans le bureau à son tour. Lucile remarque que Martine avez des traces de coup sur le visage. La femme du Commandant de la gendarmerie commence à s'inquiéter de l'intention des officiers de l'armée allemande présents dans la pièce.

— Veuillez-vous asseoir, mesdames !... Nous avons quelques questions à vous poser… Si vous le permettez…

— Ce sont vos bureaux, monsieur l'officier… Donc je ne vois pas la raison que vous demandez notre autorisation de nous poser des questions…

— C'est vrai… Ce sont nos bureaux, madame la femme du Commandant… Ma phrase était comment dire… Une formule de politesse…

Vous savez, je ne suis pas très bon dans votre langue…

— Je trouve personnellement que vous parlez un français plutôt correct pour une personne qui dit ne pas être bon dans notre langue…

— Merci de votre compliment…

— SS-Obersturmführer… Il suffit !... Nous ne sommes pas là pour faire des mondanités !...

— Je vous rappelle que la Geheime Staatspolizei n'a pas d'ordre à donner à la Schutzstaffel !

— Ce sont des terroristes et vous leur parlez comme si vous étiez dans une soirée mondaine à Berlin !

— Je parle à ses dames comme il m'en plaira ! Et c'est par un membre de la Gestapo qui me dira comment parler aux gens. Sachez que j'ai eu une éducation militaire et comme tout officier nous avons un code de conduite. Nous ne sommes pas d'anciens paysans à qui lui on a donné un uniforme sans instruction !

— Mesdames !... Vous allez parler. J'ai des méthodes très fortes pour que vous me disiez tous ce que je veux savoir !...

— Une question… Une armée étrangère attaque votre pays… Vous resterez sans agir ? dit Martine.

— Vous êtes des terroristes !

— Personnellement, je me considère comme une patriote ! Mais chacun son point de vue !

— Et vous, Madame la femme du Commandant de la gendarmerie… Êtes-vous une terroriste ?

— Bien sûr que non ! Je suis Française !

— Aidez-vous cette terroriste juive contre l'armée du troisième Reich ?

— Je vous l'ai dit… Je suis française… Je défends mon pays et son peuple !

— Donc vous aidez cette femme contre l'armée allemande ? Mais sachez que votre Maréchal Pétain est un patriote !

— Pour le Maréchal Pétain… C'est votre point de vue… Le vieux est sénile et quant à défendre la France il vous l'a livré ! Je n'appelle pas cela du patriotisme ! … Martine est ma meilleure amie… Et de plus pour information… Elle n'est pas juive !

— Votre mari c'est que vous êtes une terroriste ?

— Nous sommes Français ! Et fière de l'être ! … Et le temps qu'il y ait des Allemands dans nos villes et nos villages… Notre devoir en tant que Français est de tous les massacrés ! réponds Martine.

— Madame la femme du Commandant… Vous n'avez rien à dire ? …

— Si ! … Vive la France ! … Et Vive de Gaulle ! …

À la suite de ses paroles prononcées par Lucile, la femme du Commandant de la brigade de la gendarmerie de Meung-sur-Loire, les deux femmes, se mettent à entonner La Marseillaise, hymne de la République française. Elles chantaient tellement fort que depuis la pièce d'attente le Commandant de la gendarmerie, Alain, entend le chant et l'accompagne. Il faut savoir qu'à cette époque les autorités allemandes n'autorisent pas le chant de l'hymne de la République française. Mais le son du chant patriotique passe les murs et les étages et se fait entendre dans tout le bâtiment de la FeldKommandantur. D'autres Français arrêtaient par les autorités allemandes se mettent à leurs tours à chanter l'hymne national français. Ce bruit du chant fait que les Allemands sont déconcertés par l'attitude de ses quelques Français.

— Arrêtez ! … Ce chant est interdit ! … Stop ! … Es ist Verboten !!...

Le groupe chante encore plus fort. Les soldats allemands commencent à s'énerver et à se mettre à frapper sur les portes des cellules où se trouvent les prisonniers. Mais voyant que cela embête, les troupes d'occupation allemande, les détenus chantent de plus belle.

— Silence ! Crie les soldats allemands.

Mais les prisonniers n'obéissent pas aux ordres des troupes allemandes.

— Arrêtez ! Silence ! hurlent les Allemands.

Pendant ce temps-là, dans le bureau où se trouve Martine et la femme du commandant de la gendarmerie, Lucile, le responsable de la police politique allemande donnent un coup de poing à Lucile. Puis il se retourne et frappa Martine à son tour. Puis il leurs dit.

— Vous ! vous allez vous taire ? Lorsque nous donnons un ordre, vous devez obéir. Suis-je bien clair ?

Lucile regarde l'officier avec un regard noir rempli de haine face à cet homme qui est des plus abjects selon la vision de la jeune femme. Puis elle lui dit d'une voix des plus affirmées.

— Vous vous sentez un homme ? Vous êtes tellement petit que, pour compenser votre petite taille, vous devez frapper des femmes sans défense.

L'officier de la Gestapo regardait la jeune femme et se met à lui redonner une grande gifle. Il frappa tellement fort la jeune femme qu'elle tomba de sa chaise. Lucile se releva et cracha au visage de l'officier allemand. Cela énervait plus le responsable de la Gestapo. Il s'avança vers Lucile et lui donna un coup de poing dans le ventre. Par la force du coup, la jeune femme se plia en deux et se tenait le ventre.

— Oui, je crois, ça doit vous faire plaisir de frapper les femmes. Dis Lucile.

— Personnellement, ça ne me dérange pas de frapper une femme ou un homme. Cela revient au même. Je prends toujours autant de plaisir de frapper les gens. Dit l'officier de la Gestapo.

Le deuxième officiellement présent dans la pièce, voyant cela, se mit à crier.

— Cela suffit. Garde aidée cette jeune femme à s'asseoir sur le siège. Et vous allez escorter l'officier de la Gestapo à l'extérieur du bureau. Je ne compte pas que cet homme soit dans le bureau pendant que j'interroge ses dames.

Le soldat allemand fit le salut militaire. Puis il attrapa le bras de l'officier de la Gestapo et l'escorta à l'extérieur du bureau. L'officier de la Gestapo n'appréciant pas le geste du soldat, lui donnant un grand coup d'épaule. L'officier de l'armée allemande qui avait donné l'ordre de sortir le responsable de la Gestapo, le regarde et lui dit.

— Comme je vous l'ai dit ici, c'est moi qui commande, c'est moi le responsable et c'est moi qui décide qui est dans le bureau et qui dois en sortir. Et sachez que les soldats obéissent qu'à moi, si je dis que vous devez être dehors, ils obéissent. Ils n'obéissent pas, à la Gestapo, ce ne sont pas des agents de la Gestapo. Ce sont des soldats.

— Votre attitude est intolérable. En tant

qu'officier de la Gestapo, je vais faire un rapport à mes supérieurs hiérarchiques. Nous verrons qui aura le dernier mot.

— Et bien, faites votre rapport, vous êtes juste bon qu'à faire cela. Vous déshonorez le peuple allemand. Et je ne suis pas de la Gestapo, je suis de la Wehrmacht.

— Je me demande si vous n'êtes pas avec ces terroristes ? Contre l'armée allemande et le troisième Reich.

— Je vous interdis de dire une telle bêtise, cela vous changera un peu.

Le soldat poussa violemment l'officier de la Gestapo hors de la pièce. L'officier de la Wehrmacht se tourna vers les deux femmes. Puis il leur dit d'une voix calme et douce.

— Veuillez nous excuser pour l'attitude de cet officier de la Gestapo, sachez que nous ne sommes pas responsables de ces actes, de ces propos ou de ses pensées. Ce sont des hommes qui se pensent être des policiers. Comme je vous l'ai dit. Nous sommes des militaires. Et nous respectons les militaires et les personnes civiles. Mais il est vrai que si vous aidez des terroristes, je ne pourrai rien pour vous. Et cela, cette vermine le sait très bien.

— Monsieur l'officier, sachez que nous sommes des patriotes françaises et nous sommes pour notre pays pour sa liberté de penser. Et sa liberté de vivre libre.

L'officier de la Wehrmacht acquiesça et dit.

— Sachez que je comprends votre point de vue. Si la situation était inversée, sachez que je ferai la même chose que vous. Je défendrai mon peuple face à son ennemi.

Les deux femmes se mirent à se regarder mutuellement. Puis Martine se tourne vers l'officier et lui dit.

— Monsieur l'Officier, je vous le concède, je fais bien partie de la résistance. Sachez personnellement que je n'ai rien contre vous. Vous ne m'avez personnellement rien fait. Mais comme on vous le dit, nous sommes des patriotes et donc nous défendons notre peuple et nos convictions.

— Mais puis-je vous poser une question s'il vous plaît ?

— Si je peux y répondre, posez votre question.

— Que va-t-il nous arriver ? De nos familles, de nos amis.

— Eh bien, comment vous dire ? Vous admettez que vous êtes une résistante ? Donc, au regard de la législation allemande, vous êtes considérée comme une terroriste. Et malheureusement, les personnes considérées comme des terroristes sont passées par les armes.

— Même nous, les femmes, nous sommes passait par les armes ? Pourtant nous sommes des civils, nous n'avons rien de militaire.

— Non, vous, les femmes, vous êtes envoyés en Allemagne, dans les prisons. Mais croyez-moi, c'est pire que la mort. Vous ne pouvez même pas vous imaginer ce que les femmes subissent dans les prisons allemandes. Ce sont des camps horribles. Vous travaillez, on vous nourrit très peu. Et bien souvent, on vous frappe. Personnellement, je n'ai rien à voir avec le national-socialiste allemand. Je suis un soldat. Je ne suis pas nazi. Mais en tant que militaire, je dois obéir aux ordres de mes supérieurs hiérarchiques. Désolé.

À ce moment-là, Martine et Lucile comprirent que l'officier qui était devant eux n'avait rien à voir avec l'officier de la Gestapo. Que cet homme pouvait avoir un bon fond. Mais que malheureusement, il n'avait pas le choix. Il devait effectuer son travail.

— Mais je ne veux pas partir en Allemagne, je reste en France. Dis Lucile.

— Malheureusement, vous n'aurez pas le choix. C'est comme ça. Il est rare que l'armée allemande exécute des femmes. Par contre, pour les hommes, malheureusement, c'est le peloton d'exécution.

— Madame, puis-je vous poser une question, est-ce que votre mari était au courant que vous faisiez partie des terroristes de la résistance ?

— Nous avons une relation fusionnelle. Je ne lui ai jamais parlé du réseau de la résistance. Mais je pense qu'il devait un peu s'en douter.

— Que vous n'y ayez pas parlé du réseau de la résistance peut jouer en sa faveur. Mais par contre, je ne peux pas vous garantir que mes supérieurs lui autoriseront à garder la vie sauve. Sachez que je comprends vos actes et votre idée. Mais voyez-vous, mes supérieurs craignent parfois les réactions des nationaux-socialistes allemands.

— Je comprends, mais puis-je le voir ?

— Je vais demander au garde de vous conduire dans vos cellules. Et je leur donnerai des instructions pour que vous puissiez passer un moment avec votre époux.

— Je vous remercie Monsieur l'Officier.

L'officier se leva et se dirigea vers la porte et demanda aux gardes de rentrer dans le bureau et il leur dit.

— Garde, veuillez reconduire ces femmes dans leur cellule. Et sachez que je vous demande de laisser quelques instants entre la femme du commandant et son époux. Je lui autoriser une visite d'une heure.

Les gardes rentrèrent dans le bureau. Puis les gardes encadrent, les deux femmes et les firent sortirent du bureau. Il se dirigea vers la salle d'attente où se trouvait le commandant de la gendarmerie de Meung-sur-Loire. Les gardes marquent une courte pause et l'un d'eux, dits au commandant de la gendarmerie.

— Nous allons vous conduire vers vos cellules, veuillez nous suivre.

Le commandant regarda sa femme Lucile et Martine et il comprit que les deux femmes avaient dû parler et donc que les Allemands savaient pour le réseau de la résistance. Il se leva et suivit les gardes avec sa femme et Martine. Et il se dirigea vers les escaliers qui dirigent vers la cave du bâtiment. À ce moment-là, le responsable des gardes dit aux commandants de la gendarmerie.

— Notre officier vous autorise à avoir une heure en tête à tête avec votre femme. Profitez de ce moment.

Après que Lucile, Martine et le commandant entrèrent dans la cellule, le garde ferma la porte derrière eux.

Après quelques minutes que le gardien ait quitté les cellules, Lucile dit à son mari.

— Les Allemands savent que je suis membre de la résistance. Mais rassure-toi, j'ai dit que tu n'étais pas au courant. Peut-être, que ça te permettra d'avoir la vie sauve. L'Officier Allemand, a dit que nous risquerions d'être envoyés en Allemagne dans des camps spéciaux.

— Pourquoi, as-tu dis que je n'étais pas au courant ? Je suis parfaitement au courant que tu fais partie de la résistance. Je te rappelle que je suis membre du réseau moi aussi.

— Je ne souhaitais pas que tu sois fusillé. Parce que c'est ce qu'il attend des hommes qui sont capturés par les Allemands et qui sont membres de la résistance.

— Je suis grand et j'ai fait un choix au début de la guerre. J'ai fait le choix de défendre mon pays, mes amis et mes concitoyens. Que tu dises que je ne suis pas au courant me fait passer pour un lâche et ça je ne veux pas.

— Mais nous savons tous les deux que tu n'es pas un lâche. J'espère seulement que quand j'irai en Allemagne, que tout se passerait bien et que je te reviendrais très vite.

Après quelques minutes, le garde ouvre la porte et entre. Il est suivi par l'officier de la Gestapo et par l'officier de la Wehrmacht. À leurs rentré, le couple ne dit plus un seul mot.

— Vous voyiez que l'homme est aussi un terroriste. Dis l'officier de la Gestapo.

— Madame Lucile, vous m'avez dit que votre époux n'était pas au courant du fait que vous faites partie de la résistance. Vous m'avez donc menti ?

— Le devoir d'une épouse est de protéger son mari.

— Comment pouvez-vous faire confiance à ces êtres ignobles et infâmes rats qui sont des terroristes ? Dis l'officier de la Gestapo à son homologue de la Wehrmacht.

— Je suis un homme qui fait confiance aux genres humains.

— Quelle sottise de faire confiance à ses personnes. Ce sont tous des escrocs, des menteurs et des rats puants de leur soi-disant résistance. Pour un officier de la Wehrmacht, vous me semblez bien stupide.

L'officier de la Wehrmacht baissa la tête. L'officier de la Gestapo, quant à lui fier de sa trouvaille et induit de sa personne, le regarde et lui dit.

— Donc, nous pouvons considérer le commandant de la gendarmerie comme un terroriste et donc il doit être considéré comme tel et donc il doit être passé par les armes. Après tout, c'est un terroriste. Est-ce que je me suis bien fait comprendre Monsieur l'Officier de la Wehrmacht

? Certes, je ne suis pas un militaire comme vous, mais moi je ne suis pas stupide comme vous.

Le sort en était scellé. Le commandant de la gendarmerie allait être exécuté le lendemain par les soldats allemands. Quant aux deux femmes, elles seraient transférées dans un camp de prisonnières en Allemagne.

— Garde, fermez la porte derrière nous et veillez à ce qu'il soit bien surveillé, car ce sont des terroristes.

Après la sortie de la cellule des deux officiers, le soldat referma la porte.

Les heures passent, le commandant commença à tourner en rond dans la cellule. Sa femme Lucile s'était endormie. Il la contempla dormir d'un air triste. Martine le regarda et lui dit.

— Je ne sais pas comment elle fait pour arriver à dormir pendant un moment pareil.

— C'est simple, elle fait comme ma mère m'a toujours appris. Nous, lorsque l'on veut à tout prix dormir, on n'y arrive pas. Mais lorsque l'on veut rester éveillé, c'est là qu'on s'endort.

Le commandant s'arrêta de parler pendant un court moment. Puis il continua sa phrase.

— Martine, tu savais que ma mère était infirmière ?

— Non, je l'ignorais, Alain.

— Ma mère était infirmière et elle travaillait de nuit. J'aimais parler à ma mère lorsqu'elle rentrait du travail au petit matin. Mais bien souvent, je faisais semblant de dormir quand elle rentrait cela la rassurait. Ma mère, généralement se placer dans l'encadrement de la porte pour me regarder dormir. Et moi, je fermais les yeux. Je ne voulais pas qu'elle soit triste de voir son enfant attendre qu'elle rentre pour pouvoir lui parler. Mais tu sais ce qui est le plus triste, Martine ? C'est que parfois j'essayais de rester éveillé pour parler avec ma mère. Je voulais tant pouvoir lui parler à son arrivée du travail. Malheureusement, je m'endormais. C'est là que j'ai compris. Lorsqu'on veut rester éveillé, il faut vouloir dormir. Et lorsque tu veux t'endormir, il faut vouloir rester éveillé.

— Je l'ignorais. Ta mère est toujours en vie Alain ?

— Non, elle est morte. Et heureusement. Parce qu'elle n'aurait pas aimé voir la France sous l'occupation des Allemands.

— Je suis désolé. Tout cela est de ma faute. Si je ne vous avais pas convaincu de rentrer dans la résistance, toi et ta femme, Lucile aurait la vie sauve.

— Sache que c'est mon idée. Même si tu n'avais pas été de la résistance, sache que moi j'aurais fait partie de la résistance.

— Tu penses que cela va se passer comment demain Alain ?

— C'est simple, ils vont venir nous chercher. Nous faire monter dans des camions. Vous, vous allez partir en Allemagne dans les camps. Et moi, je vais vers ma destinée. Puis-je te demander de veiller sur ma femme quand vous serez là-bas en Allemagne ?

Martine n'a pas eu le temps de répondre à la question d'Alain. Dans les couloirs, on entendit des bruits de bottes. Ce bruit si caractéristique des bottes des soldats allemands. Puis ils entendirent une clé, rentrée dans la serrure de la porte de la cellule. La porte s'ouvrit. Et des gardes rentrèrent dans la cellule. Le plus gradé des gardes, dits.

— Veuillez-vous lever et veuillez nous suivre. Nous devons partir. C'est l'heure.

Le commandant de la gendarmerie réveilla sa femme et lui dit de se lever et de venir avec lui et Martine. Le petit groupe monta les escaliers qui les conduit dans la court central du bâtiment. Là, stationnée dans la cour du bâtiment, trois camions les attendaient avec le moteur allumé. Dans chaque camion, des soldats allemands en armes étaient déjà assis. Les soldats poussent les prisonniers vers les camions. Et chacun leur tour, il monte les petites marches pour monter à l'arrière du camion. Le Second Lieutenant Billing était déjà présent dans le camion. Puis les camions firent routes vers leur destination.

10. AU REVOIR LA FRANCE !

Les véhicules font route en direction de l'ouest d'Orléans. Après une trentaine de minutes, les camions entrent dans un bois. Ils s'engagent sur une route forestière. La route forestière est si mauvaise que les personnes à l'arrière du camion, à chacun des trous tombaient de leur siège. Martine était assise juste à côté de l'entrée de la porte arrière et un garde lui fait face. Tout au long du trajet, Martine regarde dehors. Elle souhaiter marquer dans son esprit l'image de la France et de sa région d'enfance. Le Second Lieutenant Billing était quant à lui, placé trois places plus loin. Le jeune officier observa la jeune femme. Martine le regarda et lui fit un sourire. Tout d'un coup, Martine sauta à travers l'ouverture de l'arrière du camion. Les deux gardes qui étaient censées la surveiller étaient surpris par l'attitude de la jeune femme. Tous les deux se lèvent. Ils arment leurs mitraillettes et tirent sur Martine. Au moment que les deux soldats allemands qui avaient la garde de Martine ont tiré, le Lieutenant Billing se leva. Mais les soldats qui le surveillent le mettent en joue immédiatement. Un des soldats lui dit.

— À votre place, je ne tenterais rien.

Billing lève les mains en l'air. Puis il dit.

— Je ne suis pas fou, je ne tente pas de m'échapper.

Au moment de la déflagration des mitraillettes, le camion stoppa. Et de tous les camions, les soldats sortaient pour voir ce qui s'était passé. Un des officiers qui étaient du convoi vient à l'arrière de ce dernier pour voir ce qui s'était passé. Il avance vers le corps inerte de Martine. Et avec son pied, il retourna le corps. Voyant que la jeune femme était morte. L'officier allemand sortit son pistolet et tire une balle dans la tête de cette dernière. Puis il regagne le camion où se trouvait Martine et il dit d'une voix ferme.

— Cette femme est stupide, elle a voulu s'échapper, mais les gardes ont reçu l'ordre de tirer si vous tentez de vous évader. Donc, retenez bien ceci, si vous voulez vous évader. On vous tuera. Et ça sera sans sommation. Est-ce que je me suis bien fait comprendre ?

Les prisonniers à l'intérieur du camion ou, se trouver Martine, comprirent que les soldats allemands ne rigolaient pas. Alain regarda sa femme Lucile avec un regard de tendresse remplie d'amour pour sa jeune épouse. Puis il regarda le corps inerte de Martine. De ce corps meurtri par les impacts des balles des soldats allemands, on pouvait voir une mare de sang de couleur rouge-écarlate s'étaler sur le chemin gravillonné de la forêt. La jeune femme du commandant de la gendarmerie, Lucile, lorsqu'elle vit le corps inerte et sans vie de son ami d'enfance, senti les larmes lui monté aux yeux et elle se mit à pleurer. Parce que cette dernière savait le sort qui était réservé à son époux. Elle savait que la prochaine fois que les camions stopperont, ce serait pour conduire à la mort son tendre époux. Quelques instants plus tard, le convoi de la mort reprend sa route vers sa destination funeste.

Dix minutes se sont écoulées depuis le dernier arrêt. Le convoi stoppa. Et les soldats se mettent à hurler en allemand.

— Que tous les hommes descendent du camion et s'alignent les uns à côté des autres.

Les soldats font descendent tous les hommes du camion, le commandant Alain et le Second Lieutenant Billing. Avec ces derniers, il y avait une vingtaine d'autres personnes. Le plus jeune devait avoir tout juste une quinzaine d'années, mais il était déjà promis à une mort certaine et programmée par les troupes allemandes. Lucile regarde le jeune enfant à peine sorti de l'enfance. On pouvait voir dans les yeux de l'enfant la peur de mourir. Le jeune garçon, que Lucile ne connût pas lui fit se souvenir de Lucien. Le jeune garçon, mort dans les bureaux du Parti Populiste Français.

Une fois les hommes alignés, les soldats allemands les firent avancer en direction du sous-bois. Dans le sous-bois, une tranchée a été creusée quelques jours plus tôt. Les soldats allemands ordonnent aux hommes de rentrer dans la tranchée et d'avancer en direction du bout de cette dernière. Une fois, le premier homme est arrivé au bout de la tranchée. Les Allemands leur donnent le signal de stopper. Au même moment, un véhicule fait une marche arrière et stoppa à quelques mètres des prisonniers. Une bâche se releva. Et à ce moment-là, les prisonniers ont pu voir une mitrailleuse positionnée et prête à faire feu. L'officier se déplaça et se plaça à côté du camion où se trouvait la mitrailleuse. Et d'une fois forte et claire, il dit.

— Armée… On joue… Feu…

Au moment que l'officier donna le dernier ordre ordonnant l'exécution des prisonniers. Plusieurs prisonniers se mettent à crier.

— Vive la France !

— Vive de Gaulle !

— Pour le Roi George VI ! Dis Billing.

Sur les dernières paroles de l'officier britannique, le bruit de la mitrailleuse rompt le silence de la forêt au petit matin. L'officier allemand s'approche de chacun des hommes qui étaient étendus sur le sol, il sort son arme et tire une balle dans chacune des têtes des prisonniers. Le dernier à recevoir la balle tirée par l'officier allemand est le jeune garçon que Lucile contemplée avec tristesse.

Quelques minutes plus tard, les soldats allemands reviennent au camion. Les moteurs des véhicules se mettent à vrombir. Puis les camions partirent en direction de l'Allemagne. À l'intérieur de l'un des camions se trouve Lucile la femme du commandant qui venait d'être exécuté avec le Second Lieutenant Billing, mais également une dizaine d'autres femmes.

Pendant ce temps, Cédric, Lauren, Laurent et Isaac on réussit à faire route en direction de Vierzon. La ville de Vierzon était le lieu où se trouve la ligne de démarcation la plus proche d'Orléans. C'est par cette ville que le petit groupe a décidé de passer en zone libre. Un jour plus tôt, Cédric avait donné les instructions au groupe de soldats britanniques et belges qui se trouvaient dans la planque d'Epieds-en-Beauce pour se rendre en direction de Vierzon. À l'arrivée du petit groupe de quatre personnes, il retrouvait les autres soldats britanniques et belges. Un groupe de résistants locaux, les accueils et les cachent. Quelques jours plus tard, ils devront passer la ligne de démarcation pour se retrouver en terre libre. Cédric connaissait parfaitement le chef du réseau local en raison qu'il s'agit de son frère Mathieu.

Mathieu était heureux de revoir son petit frère malgré, qu'il aurait préféré le retrouver dans d'autres circonstances. Cédric, avant de partir, avait réussi à récupérer le carnet du lieutenant Billing qu'Adrien lui a remis. Dans ce carnet, on pouvait y trouver des informations que l'officier britannique, le Second Lieutenant Billing, avait réussi à collecter avant de se faire arrêter par les hommes du PPF. Une fois arrivé dans la zone libre, le petit groupe savait qu'il ne devait pas relâcher leur attention face aux hommes du PPF qui se trouvaient également dans ce secteur. Il faut savoir qu'en France à cette époque, il n'y avait pas que dans la zone occupée qu'il y avait des hommes du PPF. Collaborateur invétéré avec les Allemands, mais également dans la zone libre. Mais on pouvait également y trouver des miliciens. Les miliciens étaient la force de police auxiliaire de Vichy et elle faisait des ravages au sein de la population maltraitante, battant et tuant parfois les personnes parce qu'ils ne soutenaient pas l'occupation allemande sur le territoire français.

— Quand nous nous passions zone libre ? demande Cédric à son frère.

— Le plus sûr, c'est que vous devez passer demain. Vous devriez vous reposer parce que vous allez devoir vous lever de très bonne heure à quatre heures.

— Nous serons prêts. Ne t'inquiète pas. Réponse Cédric.

— Et que nous faisons, nous, pour le lieutenant Billing et Martine. Demande Lauren.

— Malheureusement, je crains bien d'avoir une mauvaise nouvelle pour vous. Selon les informations que nous avons reçues d'Orléans. Ils ont été transportés dans le bois ou les Allemands exécutent les gens. Mais généralement, les femmes sont emmenées en Allemagne dans des camps. Explique Mathieu.

— Vous voulez dire que le lieutenant Billing est mort ? Demande Lauren.

— Effectivement. Le Lieutenant Billing doit être mort aujourd'hui. Mais il n'y avait pas que lui. Les Allemands ont exécuté beaucoup de personnes ce jour-là. Et nous savons de source sûre qu'une femme a été tuée. Parmi les hommes que nous connaissions, il y avait Alain.

— Comment ça Alain est parmi les victimes ? Demande Cédric.

— Ces informations ne viennent pas de moi, ils viennent d'Orléans. Le jour où vous avez quitté la maison de Martine. Les Allemands sont partie à la gendarmerie et l'on embarquait avec sa femme.

— Ses rats d'allemand ont tué, Alain, et tu me le dis que maintenant. Et Lucile ? Tu m'as dit qu'il y avait une femme qui était morte.

— Pour Lucile, je ne sais pas, je sais seulement qu'il y a une femme qui est morte, on ne nous a pas dit son identité. Mais selon la description, ça serait plus une femme qui ressemblerait à Martine.

— Tu en es sûr ?

— Je t'ai dit que je ne sais pas. Mais selon la description que le réseau nous a fait, ça serait Martine. On n'a pas réussi à arriver à temps, on n'a pu sauver personne.

Cédric donne une grande gifle dans un verre d'eau qui se trouvait sur la table. Le verre se brisa contre le mur. D'un coup, cette annonce faite par Mathieu à lançait un froid dans toute la pièce. Cédric s'occupe pendant un laps de temps. Puis il dit.

— Je vais repartir vers Orléans, je veux savoir.

— Mais tu es complètement fou, mon frère. Si l'un d'entre eux a parlé, tu seras recherché par tes collègues. Et cela serait trop dangereux pour tout le réseau.

— Martine, Lucile et Alain ont aidé beaucoup de personnes. Nous devons savoir exactement ce qui s'est passé. Et savoir qui nous a trahis.

— Parce que tu penses que c'est une fuite au sein du réseau qui fait qu'ils ont été dénoncés ?

— Je ne sais pas, je ne suis pas au bureau donc je ne peux pas en avoir l'information. Mais il y a certainement une fuite quelque part. Il faut qu'on la trouve pour pouvoir l'éliminer.

L'arrestation de Martine, Lucile et Alain fait craindre au réseau que le groupe ait été infiltré par un agent dormant des Allemands. Cédric voulait à tout prix savoir qui avait trahi leurs amis. Il devait trouver la taupe pour pouvoir l'éliminer et pour pouvoir agir librement. Il faut savoir qu'à cette époque, beaucoup de réseaux de résistances ont été infiltrés par des agents dormants allemands. Beaucoup de réseaux ont été trahis par des Français. Qui travaillait pour les Allemands ou pour la milice de Vichy. Beaucoup de braves résistants sont morts par leur faute. Lauren était triste d'entendre que des bons et soi-disant Français trahissent leurs propres compatriotes pour les Allemands. Elle regarda Cédric et elle lui dit.

— Je vais venir avec vous. Je vais vous aider.

— Non, c'est beaucoup trop dangereux pour vous. Il vaut mieux que vous partiez en zone libre et que vous regagniez l'Angleterre avec le plus d'informations possible pour pouvoir chasser les Allemands de mon pays.

— Je vous signale que les Allemands ont tué mon supérieur hiérarchique, le lieutenant Billing. Qu'est-ce que je vais pouvoir dire à Londres quand nous allons rentrer ?

— Eh bien, vous leur direz qu'il est mort en héros, qu'il est mort pour ses idées et son pays. Et que grâce à lui, nous avons pu collecter certaines informations pour aider la résistance à récupérer la France.

— J'aurais dû partir à sa place.

— Oui, vous seriez aujourd'hui soit morte soit dans un camp de prisonniers en Allemagne.

Laurent se tourne vers Lauren et lui dit.

— Cédric a parfaitement raison, tu serais aujourd'hui dans un camp en Allemagne. Pire, tu serais morte. Notre devoir est d'informer Londres comme les ordres que nous avons reçus. Je sais,

Lauren, que tu n'es pas une soldate, mais les ordres sont les ordres.

— Oui, mais parfois ces ordres sont stupides. Par notre négligence, le Lieutenant Billing est mort.

— Vous n'avez fait aucune négligence Lauren. Le Lieutenant Billing est un soldat de carrière et c'est parfaitement ce qu'il attendait. Il savait qu'il pouvait mourir lors de cette opération. Mais son devoir de soldat l'a emporté sur sa décision. Et il a préféré donner sa vie pour sauver celle des autres. Et ça, la France ne peut jamais l'oublier. En particulier moi. Dis Laurent.

La soirée débuta. Cédric regarde par la fenêtre. Isaac, le grand frère de Lauren, vient à sa rencontre. Il regardait quelques instants Cédric. Et il lui dit.

— Cédric, vous me semblez d'être un homme bien. Vous avez des idées-hauts. Et parfois, je peux vous dire que je les partage. Mais surtout, je tenais à vous remercier d'avoir dit à Lauren de rester. Cela serait horrible pour moi si je la perdais. Vous comprenez ? C'est ma petite sœur. Et je n'imagine même pas son état quand elle a découvert la mort de nos parents.

— Je vous comprends, j'apprécie également Lauren. Et je suis désolé pour vos parents.

— Ne soyez pas désolé, vous n'y êtes pour rien. Ce sont les Allemands. Qu'est-ce que je peux détester les Allemands ! Ils ont tellement fait souffrir les gens. Vous savez, les enfants qui étaient avec nous ? Simon m'a expliqué qu'il a vu la mort de ses parents. Là, juste devant ses yeux. C'était lorsqu'ils évacuaient de Belgique pour échapper à l'avancée des troupes allemandes.

— Donc je ne savais pas ce qui était arrivé à Simon et à ses parents. Je savais seulement qu'il n'avait personne. Qu'il était seul.

— Il n'était pas seul, il avait ses amis et il y avait nous. Lorsqu'il a dit qu'il allait accompagner, le lieutenant Billing, ainsi que Martine, je l'ai trouvé très courageux.

— Je vous avoue que moi aussi je l'ai trouvé très courageux. Et je suis triste qui soit mort.

— Il avait pris une décision et personne ne pouvait lui faire changer d'avis.

— C'est bien vrai, il avait l'air plutôt têtu.

— Vous n'imaginez même pas. Vous savez, j'ai l'impression que ma petite sœur Lauren vous apprécie beaucoup.

— Moi aussi je l'apprécie beaucoup, c'est pour ça qu'il ne faut pas qu'elle vienne avec moi. C'est trop risqué et je ne veux pas qu'il lui arrive quoi que ce soit.

— Moi non plus, mais je sais qu'elle aurait été en sécurité avec vous.

Cédric fait un sourire à Isaac. Ce soir-là, tout était si calme. Des membres de la résistance s'étaient placés dans des postes de garde à plusieurs endroits autour du bâtiment où était réfugié le petit groupe. Cédric allait partir le lendemain matin de bonne heure. Lauren lui prépara à manger pour qu'il puisse tenir quelques jours. C'est vers cinq heures trente du matin que Cédric prit le véhicule, et qu'il est partie en direction d'Orléans. Avant de partir, il a tenu à rester quelques instants avec chacune des personnes présentes dans la maison. Il se tardait un peu plus longtemps avec Lauren. Et il lui dit d'une voix triste.

— Faites attention à vous. S'il y a le moins de danger, courez.

— Ce n'est pas à nous de faire attention. Nous, on est proche de la zone libre, c'est à vous, vous retournez dans la zone occupée par les soldats allemands.

— Je sais particulièrement bien me débrouiller. Et j'ai toujours ma carte de police, donc au cas où… Je pourrais la sortir. C'est plus facile pour moi en tant que policier de passer les contrôles. Que vous, cela risque d'être dangereux.

— Si Martine, Lucile ou Alain ont parlé, vous risquez d'être recherché par vos collègues. Alors, faites bien attention à vous, je vous en prie.

— Ne vous inquiétez pas, je ferai très attention. Et j'espère vous revoir un jour.

— Moi aussi. Bonne chance.

— Bonne chance à vous.

Cédric monte dans la traction et fait route en direction d'Orléans. Lauren le regarde partir. Puis elle se retourne. Isaac, le grand frère de Lauren, remarquait que sa jeune sœur était en train de pleurer. Isaac s'avance vers elle et l'a pris dans les bras. Mathieu, le jeune frère de Cédric, vient les rejoindre. Et leurs dits.

— Je suis désolé de vous déranger, mais nous devons partir. Il faut qu'on passe la frontière entre la zone occupée et la zone libre avant que les patrouilles allemandes passent.

— Nous arrivons. Dis Lauren.

Le petit frère de Cédric, Mathieu, avait décidé que le groupe allait se diviser en quatre petits groupes. Les groupes allait être composé de soldats britanniques, de soldats belges et de cinq membres de la résistance locale. Mathieu avait décidé qu'il serait dans le groupe de Lauren, Isaac et de Laurent. Les petits groupes pour plus de sécurité allaient passer par des chemins différents. Mais tous allaient se retrouver dans la zone libre au même endroit. Une petite ferme connue de Cédric et de Mathieu. Mathieu estima le temps de trajet pour chaque groupe d'environ vingt-cinq minutes. Le départ allait également se passer en décaler pour chacun des groupes. Un premier groupe composé de cinq Britanniques, deux Belges et cinq résistants partent en éclaireur. Environ huit minutes plus tard, c'est le groupe de Lauren, Mathieu, Isaac, Laurent deux soldats britanniques et un belge de se mettre en route en direction de la ligne de démarcation.

— Faites attention si vous entendez quoi que ce soit, prévenez-moi. Cela peut être un groupe de soldats allemands.

— Oui, on va faire très attention.

Le groupe avait décidé de passer par une petite forêt pour pouvoir regagner la zone libre. Ils essayaient de marcher le plus discrètement possible. Mais du fait qu'ils avançaient discrètement, cela fait qu'ils mettent beaucoup plus de temps que prévu. Au loin, on entendait des chiens aboyer. Mais ce qui rassura le groupe, c'est qu'on n'entend pas des ordres crier en allemand. Il continue à avancer, doucement, mais sûrement, vers la liberté. Durant ce périple, Lauren se demande où était Cédric. Est-il déjà arrivé à Orléans ? Est-il parvenu à sa destination saine et sauve ? Aura-t-elle de ces nouvelles ? Ces questions tournent en boucle tous le temps dans sa tête. Lauren aurait bien apprécié, accompagné Cédric. Après un long moment de marche, Mathieu leur demande.

— Vous voyiez ses poteaux avec le barbelé au-dessus ?

— Oui, je l'ai vois pourquoi ? Demande Isaac.

— Et bien, c'est parce que c'est par là que nous allons passer. C'est ce que l'on appelle la ligne de démarcation entre la zone occupée et la zone libre.

— Et comment allons-nous faire pour passer ? On va passer au-dessus ou en dessous ? demande Lauren.

— Pourquoi voulez-vous passer au-dessus où en dessous ? Nous allons tout simplement couper le grillage pour passer à travers.

— Ah bah oui, c'est beaucoup plus simple. Mais vous ne craignez pas que cela soit visible ?

— Non… Rassurez-vous ici, dans notre région, il y a beaucoup de gros gibiers. Les Allemands pensent toujours que ce sont les sangliers qui détruisent leurs grillages. Après-demain ou quelques jours plus tard, il y aura une équipe du génie allemand qui sera là. Et ils remplaceront simplement le grillage.

— Ah, d'accord, il pense réellement que ce sont des sangliers ?

— Vous savez, les Allemands ne sont pas toujours très intelligents. Explique Mathieu.

— Oui, mais il devrait quand même s'apercevoir que ce ne sont pas des sangliers.

— Comme je vous l'ai dit, tous les Allemands ne sont pas intelligents. Parfois, je me demande même s'ils avaient déjà vu des sangliers avant de venir ici ? Et vous savez, les sangliers, ça fait beaucoup de dégâts. Dis Mathieu.

— Moi, je pense qu'il doit y avoir comme-même des sangliers en Allemagne. Réponds Lauren.

— Je ne peux pas vous dire, je ne suis jamais allé en Allemagne. Réponds Mathieu.

— Et vous ne craignez pas qu'une patrouille arrive au moment qu'on passe ? demande Laurent.

— On devra juste faire attention. Stanislas, Damien, allez voir si le passage est libre. Prenez la pince pour couper le grillage.

Stanislas et Damien avancèrent discrètement pour ouvrir le passage. Les deux hommes sur les derniers mètres se mettent à ramper au sol pour pouvoir atteindre le grillage en toute discrétion. Puis Stanislas se lève et commença à couper le grillage. Pendant ce temps, Damien était à genoux pour surveiller le secteur. Une fois le grillage découpé, Stanislas se met à genou pour surveiller le secteur à son tour. Damien fait signe à Mathieu que le groupe doit avancer pour passer la ligne de démarcation. Le reste du groupe commençait à avancer vers le grillage, mais en étant le dos courbé pour être le moins visible possible. Un à un, tous les membres de l'équipe passent le grillage. Une fois de l'autre côté, ils regagnent ensemble le sous-bois qui était non loin. Ils étaient enfin en zone libre. Mathieu réunit le petit groupe autour de lui pour leur parler.

— Voilà, nous sommes enfin en zone libre, mais faites attention. Ici, il y a aussi des miliciens et les hommes du Parti Populaire Français. Et croyez-moi ils ne sont pas tendres.

— Nous le savons, nous avons un jeune ami. Un jeune garçon, je veux dire. Qui a été tué par ses hommes du Parti Populaire Français. Réponds Lauren.

— Bon, ce n'est pas le tout, mais nous avons encore un peu de routes. Alors en avant.

Le groupe avance jusqu'à une grosse ferme. Ils entrent dans la cour. Et Mathieu les dirige directement vers une partie d'un bâtiment. Il ouvre la porte. Et dans ce bâtiment se trouve le premier groupe qui était parti un peu avant le groupe de Mathieu. Mathieu est parti voir une jeune femme qui se trouve à côté du groupe déjà installé et qui leur donne de quoi manger. Mathieu la regarde et lui dit.

— Bénédicte, nous sommes arrivés. Pendant qu'on était à Vierzon, on a eu une communication. Il s'agit de ta sœur. D'après les descriptions que nous avons reçues. Les Allemands l'auraient exécuté.

La jeune femme laissa tomber sa casserole. Puis elle tomba à genou sur le sol. Et se met à pleurer en criant.

— Non… Pourquoi ? Mais pourquoi ?

Le groupe qui venait d'arriver comprit tout de suite qu'il s'agissait de la sœur de Martine. En la voyant, Lauren trouve qu'il y a un air de ressemblance avec Martine. Ce qui est triste pour Lauren, c'est que la sœur de cette femme est morte. Pour une mission qu'elle n'était pas entraînée pour. Mais Lauren pense au fils de Martine. Le fils de Martine était dans le troisième groupe qui devait rejoindre la zone libre. Pour plus de sécurité, seuls des soldats belges et des résistants étaient avec le jeune garçon. Le troisième groupe devait passer par la route. Parmi les résistants de ce groupe se trouvent plusieurs gendarmes. Donc ils ont beaucoup plus de facultés à passer par la route. En cas de contrôle, ils peuvent dire qu'ils accompagnent l'enfant dans un orphelinat. Bénédicte, la sœur de Martine demande à Mathieu.

— Et mon filleul, Mathieu, le fils de ma sœur où est-il ?

— Ne t'inquiète pas, ton filleul va arriver dans pas longtemps. Il n'était pas dans notre groupe, il est dans le troisième groupe. Il ne devrait pas tarder.

À peine avait-il fini cette phrase que le jeune garçon fit son entrée dans le bâtiment. Le jeune homme se met à courir en direction de sa marraine et tante.

— Tata Bénédicte… Je suis content de te voir tata. On m'a dit que je venais te voir. Mais une question, maman est déjà arrivée ?

— Non, elle n'est pas là, mon neveu préféré. Je suis désolé.

La jeune femme ne peut pas retenir ses sanglots. Elle pensait à sa sœur que les Allemands avaient tuée.

— Pourquoi pleures-tu tata ? dit le jeune garçon.

— Je pleure pour un rien. Je ne craignais tout simplement jamais te revoir.

En voyant cette scène, Lauren pense à ses parents qu'elle avait retrouvés morts à Finchley dans la banlieue nord de Londres. Elle aussi, a pensé ne jamais retrouver son frère, qui pour elle au début de la guerre, était considéré comme mort au combat. La jeune femme laisse couler des larmes. Elle repensa au moment passer avec Martine. La robe et le parfum que Martine y avait offert. Elle, n'avait pas beaucoup connu Martine, mais elle savait que la jeune femme était une personne au grand cœur. Martine n'avait pas hésité à les cacher au moment qu'ils étaient arrivés en France. Et ce même au péril de sa vie et de celle de son enfant. Bénédicte prend une fourchette, un couteau et une assiette et elle donne à manger à son neveu. Lorsque Bénédicte s'écarta de l'enfant Lauren, s'approcha pour lui parler.

— Bonjour, excusez-moi de vous déranger. Je sais que le moment est mal choisi, mais je devine que vous êtes la sœur de Martine.

— C'était exact. Martine était ma sœur, c'était ma grande sœur.

— En premier lieu, permettez-moi de vous dire nos plus sincères condoléances. Martine était une femme formidable. Elle n'a pas hésité à nous aider. Au moment où nous avons été parachutés. Elle n'a pas hésité à nous cacher dans sa cave.

— Je reconnais bien là l'état d'esprit de ma sœur. Mais pourquoi avez-vous été parachuté ?

— Nous venons d'Angleterre et nous avons été parachutés par ordre de Londres.

— Vous n'êtes pas française ?

— Non, personnellement, je suis Britannique et mon frère aussi. Mais lui, il était déjà en France avant mon arrivée. Enfin, il était du côté de Dunkerque au début de la guerre. Mais avant que les troupes britanniques se fassent encercler à Dunkerque, ils ont réussi à s'échapper. Et ils ont été cachés dans une cachette à Epieds-en-Beauce.

— Nous sommes d'une famille de patriotes et nous défendons toujours les gens. Surtout contre les Allemands.

— Votre sœur m'a donné au début de notre présence une robe et du parfum si vous voulez, je vous les redonne.

— Non, c'est ma sœur qui vous les a donnés. Si elle vous les a donnés. Elle vous les a donnés. Cela ne se fait pas de rendre un cadeau qu'on vous a donné. Même si la personne est décédée. Vous comprenez ce que je veux dire ?

— Je comprends, mais c'était pour que vous ayez un souvenir d'elle.

— Le souvenir que j'aurai d'elle, c'est à travers son fils. Et mon devoir en tant que marraine est de lui expliquer ce que sa mère a fait. Et la raison de sa mort. Il faut qu'il sache que sa mère avait des convictions. Et pour ses convictions, à la donner sa vie pour en sauver d'autres.

— Vous pourrez lui dire que grâce à elle, tous ceux qui sont présents ici aujourd'hui ont été sauvés. Et qui doit être toujours fier de sa mère.

— Ne vous en faites pas, je lui dirai quand il sera un peu plus grand.

À ce moment-là de la conversation entre les deux femmes, Mathieu s'approche et dit.

— Lauren, il faudrait demander à votre opérateur radio s'il pouvait transmettre le message à Londres pour demander que vous puissiez évacuer. Je vous confie le carnet que mon frère m'a confié. Il faudrait le remettre à vos supérieurs en Angleterre. Nous pensons que ça pourrait être important pour vos supérieur.

— Très bien. Je vais informer tout de suite Laurent. Mais pourquoi venez-vous me demander à moi de lui parler ? Laurent parle français. Et je ne suis pas sa supérieur. C'était le Lieutenant Billing, son supérieur.

— D'après ce que j'ai compris Laurent, vous écoute comme si c'étaient des ordres, donc je pensais que vous étiez sa supérieur.

— Certainement pas. Il est dans l'armée depuis plus longtemps que moi. Moi, je suis dans l'armée depuis juin.

Lauren part voir Laurent pour lui dire de transmettre les informations à Londres pour tenter une évacuation des personnes présentes dans la ferme. Laurent prend la mallette où se trouve la radio et l'installe sur la table. Il se met à transmettre les informations que Mathieu lui demande de transmettre à Londres. Quelques heures plus tard, il reçoit un message de Londres pour les informer qu'ils allaient évacuer tout le groupe au grand complet. L'évacuation était prévue pour trois jours plus tard. Lauren dans son for intérieur espère que Cédric revient la voir avant qu'elle parte. Mais malheureusement, Cédric était occupé à Orléans.

Le jour du départ arrive. Les membres de la résistance locale avaient balisé le lieu d'atterrissage de l'avion et sécurisé la zone. Un avion arrive et se pose sur le sol. Une porte latérale s'ouvre et un homme se met à crier.

— Allez vite, on se dépêche. Vite… Vite… Vite…

Les soldats britanniques et belges se précipitent, ainsi que Lauren, son frère Isaac et Laurent. Après être montée dans l'avion, Lauren avant de fermer la porte, regarde une dernière fois la France. Et elle pense à Cédric, qui reste en France.

Après plusieurs heures de vol, l'avion atterrit près de Londres. Les soldats britanniques et belges descendent de l'avion et sont conduits par des officiers de sécurité dans un bâtiment dans des salles d'interrogatoires. Les officiers du renseignement voulaient savoir si parmi ces soldats, il n'y avait pas d'espions allemands. Le Lieutenant O'Connor vient à la rencontre de Lauren, de Laurent et de son frère Isaac. Il regarda et leur dit.

— Un très bon retour à Londres. J'ai appris ce qu'il s'était passé avec le lieutenant Billing. J'ai personnellement écrit à sa famille. Le Lieutenant Billing était un très bon officier et aussi je ne le cache pas, un ami.

— Nous sommes désolés, mon lieutenant. Nous n'avons pas pu récupérer le corps pour le rapporter avec nous.

— Oui, cela, je le conçois bien. Cela m'étonne que les Allemands, vous l'ayez confié si vous l'avez demandé.

— Par contre, un des enfants qui était avec lui dans la mission a réussi à nous ramener un carnet. C'est le lieutenant Billing qui lui a confié avant de se faire capturer. Il a noté dans ce carnet les diverses troupes allemandes qu'il a croisées dans les environs d'Orléans.

— Ça nous sera extrêmement utile. Mais je suis sûr que, le connaissant, il a dû donner du fil à retordre aux Allemands, lorsqu'ils ont voulu l'interrogeait. Il a beaucoup d'humour sarcastique. On avait tendance à dire entre officier, lorsque l'un de nous faisait une blague assez potache, qu'il avait l'humour Billing. Bon, sur ce reposez-vous. Demain, je veux vous voir à midi, pour un débriefing.

— À vos ordres, mon lieutenant. Répondent en cœur les trois soldats.

Lauren, Laurent et Isaac partent se reposer. Le lendemain à midi, comme prévu par le lieutenant, ils se retrouvent tous au bureau du Lieutenant. Le lieutenant leur dit.

— Les informations qui sont transmises dans le carnet ont été plus que très intéressantes. Actuellement à Orléans, il y aurait deux divisions panzer et trois divisions d'artilleries. Vous tous, vous avez effectué un travail remarquable.

Le lieutenant se tourne vers Laurent et lui dit.

— Opérateur Radio, Caporal Laurent, vous avez effectué un travail remarquable, vous avez sur répondre aux attentes de Londres. Et vous avez réussi à transmettre les données pour qu'on les ait le plus vite possible.

— Merci mon Lieutenant. Réponds Laurent.

— Sergent Isaac. Vous avez fait preuve d'un grand courage, vous avez réussi à traverser la France. Enfin, une grande partie de la France. Et vous avez réussi à éviter l'encerclement à Dunkerque pour vous et quelques-uns de vos camarades et alliés belges.

— Un très grand merci mon Lieutenant.

Puis Lieutenant O'Connor se tourne vers Lorraine. Il fait un large sourire et lui dit.

— Lauren… Lauren… Lauren… Vous savez, lorsque le lieutenant Billing vous a désigné pour cette mission, je me suis dit qu'on allait tout droit dans le mur. Eh bien, vous avez réussi à me prouver que j'avais tort. Et je l'admets, devant vous, j'avais tort. Le Lieutenant Billing a eu raison d'avoir confiance en vous. En vos capacités. Et au sujet de votre esprit vif. Même si vous n'étiez pas sur l'objectif qui était prévu au départ. Vous tous avez réussi à changer d'objectif et à collecter des informations essentielles. Et je tiens à tous vous remercier. Maintenant, vous pouvez rentrer chez vous, vous avez au moins une semaine de vacances. Après, vous devez revenir travailler. La guerre n'est pas finie. Elle ne fait que commencer.

— Merci mon lieutenant.

— Lauren, profitez du retour de votre frère.

— Absolument mon lieutenant.

Lauren, Isaac et Laurent sortent du bureau du Lieutenant. Laurent serre la main d'Isaac. Et il fait une bise à Lauren. Et il leurs dit.

— J'étais ravi de vous rencontrer, Isaac. Lauren, j'ai apprécié d'être dans ton équipe. Qui sait, peut-être on se retrouvera dans une prochaine mission ? Je vais rentrer revoir ma femme et mon enfant. Ils doivent être inquiets.

— Moi aussi j'étais ravi de vous rencontrer caporal Laurent. Pour un Français, vous êtes plutôt amusant ? dit Isaac.

— Je ne savais pas tu n'avais jamais dit que tu étais marié et que tu avais également un enfant. Dis Lauren.

— Tu sais, on n'a pas eu tellement le temps de discuter. On était trop occupé à remplir notre mission. Ce qui est normal. Je suis désolé, mais je dois y aller. Je suis trop pressé de revoir mon fils.

— À une prochaine. Dis Laurent.

Lauren et son frère Isaac partirent en direction de Londres. N'ayant plus lieu d'habitation. Et décidera de louer une petite chambre du côté sud de Londres. Mais comme la demande du Lieutenant une semaine plus tard, ils repartirent au camp d'Ashford.

Projet : Lumière dans la nuit.

PORTRAIT DES PERSONNES.

Lauren Élisabeth Cohan

Lauren après son retour en Angleterre a continué de participer au renseignement contre les troupes allemandes et ceux jusqu'à la fin de la guerre. Après la victoire sur l'Allemagne d'Adolf Hitler en mai 1945, une personne de son passé refait une apparition dans sa vie. En juin 1947, elle épouse Cédric, le policier Français qu'elle avait rencontré à Meung-sur-Loire. Elle prit le métier d'institutrice et elle a eu cinq enfants (trois filles et deux garçons). Elle nomma sa fille aînée du prénom de Martine et sa second Lucile. Son premier fils du nom de Nigel, son deuxième garçon porte le prénom de Lucien et Son troisième Alain En donnant ses prénoms à ses enfants, elle veut ne jamais oublier les personnes mortes pour la liberté des autres. Lauren est décédée à l'âge de 86 ans, en 2002.

Salomon Isaiah Rosemblum dit « Lucien »

Salomon est né le 13 juin 1927 à Bruxelles (Belgique) et il est mort le 14 mars 1941 à Orléans (France) dans le bureau 210 du Parti Populaire Français (PPF) rue de la Bretonnerie. C'était un jeune garçon qui était devenu orphelin suite à la mort de ses deux parents lors du grand exode de juin 1940. Le jeune garçon a résisté le mieux possible face à la torture des interrogatoires du PPF. À sa mort, Salomon n'avait que 13 ans.

Martine Louisette Delporte dit « La Logeuse »

Martine Louisette Delporte est née le 12 février 1913 à Orléans (France) et elle est morte le 17 mars 1941 en essayant de s'enfuir alors qu'elle devait être transporté dans un camp en Allemagne, par les soldats allemands. Martine s'en voulait pour la mort du jeune Lucien. Son fils, Lucas sera caché jusqu'à la fin de la guerre par des amis de la résistance. Lucas assistera au procès du responsable de la mort du jeune Lucien et l'homme qui a livré sa mère aux soldats de l'armée allemande. On ne sera jamais s'il y a eu un édile entre Martine et le Second Lieutenant Billing.

Nigel Édouard Billing

Nigel Édouard Billing est né le 10 janvier 1906 à Londres (Angleterre) et il est mort le 17 mars 1941 sous les balles du peloton d'exécution allemand dans une forêt près de la ville d'Orléans. Stephan Billing fut nommé peu de temps avant le début de la guerre au grade de Second Lieutenant. Il est rentré aux services des renseignements des armées britanniques, en raison qu'il avait des grandes connaissances bien développées de la langue de Goethe.

Cédric Nathanaël Jean

Cédric Nathanaël Jean continua son travail dans la police et dans la résistance. En mars 1942, il fut muté à Paris. Le 13 juillet 1942, lorsqu'il eut l'information de la rafle du Vel'd'Hiv pour la date du 16 juillet. Avec un groupe de policiers résistants, ils partirent informer des membres de la communauté juive de Paris pour qu'ils se cachent. Sur les 90 personnes que Cédric a averties de la rafle seulement, 5 personnes ont été arrêtés. En juillet 1945, il quitte la police et décide de partir en Angleterre avec l'espoir de revoir Lauren. Il s'est marié avec Lauren le 28 juin 1947. Il décède en 1990.

Isaac David Cohan

Isaac David Cohan regagna l'Angleterre avec sa jeune sœur Lauren. Il participa à la tentative de débarquement de Dieppe qui avait pour nom « Jubilee » en date du 19 août 1942. Cela fut un véritable carnage. Cette opération avait mobilisé 250 engins de débarquement, 8 000 hommes, 74 escadrilles de chasseurs et de bombardiers. Mais Isaac Cohan reçut une rafale de balle au niveau de la zone du cœur. Il décède à 11 heures 35 dans une rue près du port de Dieppe où eut lieu la tentative de débarquement. Il avait 31 ans.

À PROPOS DE L'AUTEUR.

Né en France, le 28 juin, LE GRASSE Roger-Pierre a une réelle passion pour l'histoire. Certaine période du passé est comme une attraction pour lui. La période de la Seconde Guerre mondiale en est une parmi laquelle il aime voyager.

« L'histoire est un tous qui détermine parfois l'avenir d'une nation. C'est par les erreurs du passé qu'une nation, si elle comprend ses erreurs peuvent essayer de s'améliorer pour éviter de reproduire ses erreurs. Nul être n'est parfait et ne peut commettre des erreurs. Le tous, ce sont les personnes, qui doivent comprendre que les erreurs ne doivent se reproduire. Sinon très vite cela peut devenir un cercle sans fin.

Dans le passé du genre humain, les erreurs d'un peuple, croyant dans les paroles d'un homme et de ses amis ont conduit le monde dans une guerre qui a malheureusement coûté beaucoup trop de vie. Malheureusement parfois je me demande si l'humanité pense à se souvenir des erreurs qu'elle a commises. Et ce que je crains c'est que le passé tourne en boucle. Et que des périodes sombres comme a connu le monde durant la Seconde Guerre mondiale ressurgissent.

Que des femmes ou des hommes politiques instrumentalisent leurs populations comme l'ont fait Adolf Hitler et les dirigeants nazis dès leurs élections en 1933 jusqu'à la fin de leurs régimes en mai 1945 !

Malheureusement, il semble que le monde n'a pas encore compris ses erreurs. »

QUELQUES RÉFÉRENCES

Illustration

Page 26 : Google My Maps image satellite de la région Nord de Londres (Angleterre) avec indication de la ville de Finchley.
© Google LLC

Page 50 : Google My Maps image satellite de la région Sud-Est de l'Angleterre avec indication de la ville d'Ashford.
© Google LLC

Page 77 : Google My Maps image satellite de la région du Loiret (France) avec indication des villes d'Orléans et Meung ur Loire et de la commune d'Epieds-en-Beauce.
© Google LLC

Pages 105, 132 et 163 : Images libre de droit commerciale et d'édition.

Pages 191 et 223 : © Wikipédia filiale de Wikimedia Foundation.

www.ingramcontent.com/pod-product-compliance
Lightning Source LLC
LaVergne TN
LVHW012041160826
845678LV00014B/2655

9782493146007